홍성두 1933년 10월 12일생

이 책에 실린 연구성과는 한국학술진흥재단(KRF-2005-078-HL0001)의

지원으로 이루어졌습니다.

한국민중구술열전 23

홍성두 洪性斗

1933년 10월 12일생

이태우

20세기민중생활사연구단

눈빛

이태우 李泰雨

영남대학교 철학과 대학원에서 철학박사 학위를 취득하였다. 영남대 인문과학연구소
연구교수로서 20세기민중생활사연구단에 참가하여 성주와 대구, 포항 지역을 중심으로
민중생활사 연구 활동에 매진하였다. 현재 영남대 인문과학연구소 연구교수로서
한국근대사상연구단에 소속되어 〈일제강점기 한국 철학의 재발견〉을 위한 과제를
연구하고 있다. 『화해의 철학자 하버마스: 비판적 해석학의 전개』(이문출판사, 2001),
『흙과 사람: 20세기 한국민중의 구술자서전 2. 농민편』(소화, 2005, 공저) 등의 저서가
있고, 「유가철학과 비교를 통한 하버마스의 화해이념에 대한 비판적 고찰」(1998) 외
다수의 논문이 있다.

한국민중구술열전 23

홍성두 1933년 10월 12일생

편찬 총괄 ― 박현수

초판 1쇄 발행일 ― 2007년 9월 29일
발행인 ― 이규상
발행처 ― 눈빛출판사
　　　　서울시 마포구 상암동 1653번지
　　　　DMC 이안 상암2단지 506호
　　　　전화 336-2167 팩스 324-8273
등록번호 ― 제1-839호
등록일 ― 1988년 11월 16일
편집 ― 정계화·고성희·박보경·최지영
출력 ― DTP하우스
인쇄 ― 예림인쇄
제책 ― 일광문화사
값 7,500원

Published by Noonbit Publishing Co.,
Seoul, Korea
ISBN 978-89-7409-733-2

20세기민중생활사연구단과 '한국민중구술열전'

박현수

　어느 시대에나 사람들은 자기 시대가 급변하는 시대라고 생각하였다. 그러나 20세기의 변화는 그러한 급변의 시대와 달라서 한 사람이 나고 자라서 늙는 동안에 자연의 변화를 느낄 수 있을 정도의 절대적인 변화였다. 이토록 현기증 나는 사회·문화 변화의 속도는 우리들로 하여금 '20세기민중생활사연구단'의 깃발을 내세우고 그 아래 모이게 하였다. 나날이 사라져 가는 가까운 옛날의 일상을 서둘러 기록하고 해석하여 민중생활사를 중심으로 새로운 역사를 구축하기 위한 자료를 집성하기 위함이었다. 소멸과 망각의 위기에 대처하여 지난 백 년의 民衆生活 자료를 살려내고 이를 전산화하여 누구나 이용할 수 있게 하자는 것이었다. 우리 이웃의 일상생활을 중심으로 새로운 역사를 구성하면 역사는 민주화되고 한국 인문학은 새로운 바탕 위에서 새롭게 출발할 수 있을 것이 아닌가. 2002년에 조직된 우리 연구단의 목적은 여기에 있다.

　우리가 걸어온 가까운 옛날을 잃어버린다면 우리는 그보다 조금 더 오래된 옛날과 분리되어 버린다. 풍경은 근경에서 원경으로 연속되어 전개되어야 완벽한 풍경이 되듯이 시간의 풍경도 원근법을 갖추어야 한다. 시간의 깊이가 보이지 않는 풍경은 촬영장 세트처럼 우리를 어지럽게 만든다. 가까운 옛날의 역사를 상실하면 의식의 필름도 끊기는 것이다.

가까운 시대의 역사 중에서도 친숙한 생활의 역사가 제 위치를 차지해야 한다. 가까운 시대와 이웃의 생활사를 원근법에 맞춰 살려내는 것은 역사에 기록을 남기지 못한, 역사 없는 사람들의 역사를 복권시켜 역사를 민주화하는 일이다.

문헌자료를 최고의 사료로 평가하는 역사학은 그 자료의 성격과 한계 때문에 가까운 이웃의 일상적 생활사에 접근하기 어렵다. 한국 고고학은 산업화와 개발을 위한 치다꺼리에 바빠 그런 이웃의 과거에 관심을 보이지 못하였다. 이제 새로운 주제에 대한 총체적 접근을 위해서는 새로운 자료들에 착안해야 한다.

기성 학문체계를 바탕으로 하는 학문의 울타리는 이러한 접근에 도움을 주기 어렵다. 그 울타리를 허물고 20세기민중생활사연구단에 모여든 백여 명의 연구자들은 이제껏 소외되어 온 역사학의 이른바 보조사료(補助史料)들을 재평가하여 중시하게 되었다. 거대한 경관으로부터 조그만 부엌 살림살이나 어린이 장난감에 이르는 생활의 물증(物證), 앨범에 간직된 개인적 사진, 각종 서류, 이제껏 사료로써 이용되지 못한 문학작품 또 기록영화나 극영화 자료 등이 유기적으로 동원되어야 한다.

특히 중요한 것은 형태가 없는 이야기들이다. 한 사람의 가슴과 머릿속의 이야기도 몇 권의 책으로 엮을 만큼 귀중하고 풍부하다. 그러나 아무도 들어줄 사람 없고, 아무에게도 들려주지 못하고 세상을 뜨게 되는 것이 보통 사람들의 이야기다. 민중의 이야기는 역사 없는 사람들의 역사를 구성하는 기본 자료일뿐 아니라 가장 풍부한 자료인 것이다.

흔히 역사 없는 사람이 살아온 이야기는 '생애사(生涯史)'라 불러 역사에 이름을 남길 만한 사람의 '전기(傳記)'와 구별한다. 문자 기록이 적거나 없는 집단의 역사는 에트노히스토리(ethnohistory)라 하여 문헌자료를 바탕으로 하는 '진짜' 역사, 히스토리와 구별한다. 이런 자기 문화 중심주의를 지양하지 않고서 한 걸음 나아간 역사 서술을 기대한다는 것은 어불성설이다. 문자 자료가 없는 사람들의 구술을 바탕으로 전기를 기록하는 작업은 구술자와 연구자의 대화다. 역사 서술의 주체와 객체를 통합하거나 아니면 적어도 접근시키는 일은 새로운 역사의 기본 조건이다.

역사는 항상 새로 써야 한다지만 역사를 한 번 쓰고 버릴 일회용품으로 생각하는 것은 역사허무주의에 다름 아니다. 희랍어 '히스토리아'는 원래 이야기를 뜻하다가 나중에 과거지사(過去之事)까지 뜻하게 되었다. 독일어 '게쉬히테'는 원래 과거지사를 가리키다가 나중에 이야기도 뜻하게 되었다. 같은 말로 표현되더라도 과거지사 자체와 이에 대한 이야기나 담론(談論)은 구별되어야 한다.

그렇다면 무엇이 중요할까. 고대 중국에서도 '술이부작(述而不作)'이라 하여 지어낸 이야기보다 사실 기록을 중시하였다. 사라져 가는 20세기 민중 생활의 역사에 대하여 그럴 듯한 담론을 전개하는 것보다 생활의 역사에 관한 사실을 찾아내어 이를 기록해내는 일이 절실함은 당연하다. 마지막 잎새처럼 아슬아슬하게 남아 있는 민중의 일상 모습을 기록하는 일은 지금 아니면 도저히 할 수 없다. 그것은 이 시대의 시민인 우리가 하지 않으면 안 되는 일이다. 이는 역사를 남기지 못한 채 세계적으로 가장 어려운 시대를 살았던 사람들에 대한 최소한의 예절이며, 자라날 후손에게 뿌리를 보여주는 최소한의 배려다.

이러한 작업은 그 작업 과정 자체가 중요한 구실을 한다. 자기의 일생을 이야기하여 시대를 증언하는 사람과 이 이야기를 듣고 받아내는 연구자가 마주앉는 것은 개인의 역사를 사회의 역사 속으로 또 사회의 역사를 개인의 역사에 편입시키는 일이다. 이러한 과정에서 이야기를 펼치는 노인들은 커다란 심리적 만족을 숨기지 않는다.

본 연구단은 새로운 자료들을 '디지털' 방식으로 정리하면서 전통적 방식으로 사진전을 열고 사진집을 인쇄하여 간행해 오고 있다. 2005년 여름에는 이십여 명의 구술자료로 '20세기 한국민중의 구술자서전'이라는 큰 제목 아래 6권의 책을 엮어 낸 바 있다. 이어서 한 사람의 이야기를 한 권의 책으로 펴내는 '한국민중구술열전'을 계속하여 간행해 오고 있다. 앞으로 계속 간행해야 될 이 총서를 무엇이라고 불러야 될지 활발한 논의 끝에 '한국민중구술열전'이라는 총서명이 결정되었다. 후보 제목으로 올랐던 것에는 '우리 곁의 위인' '민중이 이야기하는 어제와 오늘' '이웃이 이야기하는 우리 시대' '이웃들은 어떻게 살아왔는가' '위인전' 대비(對比)열전' '대비구술열전' '진짜 위인전' '평범한 사람을 찬양하자' 등이 있었다. 이들 모두가 본 연구단의 지향점과 이 총서의 실체를 잘 보여준다.

이제껏 눈길을 제대로 받지 못한 가까운 이웃과 옛날의 생활 모습을 총체적으로 기록, 해석하고 또 온 국민이 이용할 자료집성을 구축함으로써 빈사의 한국 인문학을 구출하겠다는 연구단의 야심찬 계획은 이제 외로운 작업이라 할 수 없다. 한국학술진흥재단의 적극적 지원을 얻게 되었기 때문이다. 이 재단을 통하여 우리는 국민의 지원을 받고 있는 것이다. 우리의 작업을 도와주는 모든 이웃에게 감사의 말씀을 드리지 않을 수 없다. 〈20세기민중생활사연구단장·영남대학교 문화인류학과 교수〉

"농사지으랴, 노가다 하랴, 우애 살았는지 몰라"

- 고모동 홍성두의 일과 삶

차례

서문

이태우

　홍성두(洪性斗, 75세, 1933년 癸酉生)는 도시 속 오지 마을인 대구시 수성구 고모동에서 막노동과 농사를 병행하면서 살아온 분으로 부인 도분남(都分南, 73세, 1935년생)과 슬하에 1남5녀를 두고 있다. 만 40세 되던 1973년 자식 교육을 위해 고향 청도를 떠나 현재의 고모동으로 이주하게 되었다. 집과 전답을 팔아 당시 돈으로 이백팔십만원이란 거금을 쌀부대에 담아 짊어지고 청도에서 고모역에 도착한 후, 지금까지 고모동에서 거주해 오고 있는 분이다.

　어릴 적 자식이 없었던 숙부님 댁에 양자로 들어가 양부모와 함께 대구에서 살기도 했던 구술자는 김해 김씨 집성촌인 이곳에 타성바지로 들어와 살면서 적지 않은 텃세로 고충도 겪었다고 한다. 한창 일할 때는 농사일과 막노동을 병행해 가며 생활비와 아이들 학비를 벌었다는 구술자. 나이가 있어 막노동은 더 이상 못하지만 지금도 농사철에는 여전히 벼농사, 포도과수 농사를 지으면서 겨울에는 뒷산에서 매일 같이 땔감나무도 하고 있는 현역 농사꾼이다.

　구술자를 '1인 생애사' 대상자로 선정한 것은 구술자가 나름대로 근대화라는 거센 변화의 물결 속에서 굴곡이 심한 삶을 살아오면서도 역동

적으로 그 물결을 헤쳐 가려고 최선을 다 하며 살아온 분이라고 생각했기 때문이다. 남들보다 더 잘살기 위해 농촌에서 도시로 이주하였고, 자녀교육과 생계를 위해 막노동과 농사를 병행해 가며 남들보다 곱절의 일을 더 하며 살아왔으며, 75세의 나이인 현재까지도 현역 농사꾼의 삶을 묵묵히 이어 가고 있다는 점에서 20세기 민중의 삶을 잘 대변해 줄 수 있는 분이라고 생각했기 때문이다.

구술자와의 첫 대면은 2003년 12월 26일이었다. 그후 총 13회에 걸친 면담과 방문을 통해 이 소중한 결실이 이루어질 수 있었다. 겨울 한철을 제외하고는 하루도 빠짐없이 들에 나가서 농사일을 하시는 구술자와의 면담 시간을 잡는 것이 가장 힘든 일이었다. 빠듯한 원고 제출 일정상 어쩔 수 없이 선택한 방법이 장마 기간이었다. 장마 기간도 하루 종일 비가 쏟아져야만 집에 계시기 때문에 어렵게 비 오는 날만 택해서 인터뷰를 할 수가 있었다. 어쩌다 한 번 날짜를 잡아서 구술자를 방문했을 때, 온종일 농사일로 피곤해 하시는 모습에 차마 인터뷰를 하기 어려워 안부만 전하고 발길을 돌릴 때도 몇 번인가 있었다.

무뚝뚝한 경상도 남자의 표본처럼 단어 몇 개로 이루어진 짧은 문장만 몇 마디씩 툭툭 던지시면서 앞의 말을 거듭 강조하시는 구술자 특유의 어투로 인해 한 권의 책을 엮어 내기 위해 적지 않은 시간과 노력을 기울여야만 했다.

칠순을 훌쩍 넘긴 고령임에도 불구하고 여전히 한창 때와 다름없이 강도 높은 농사일을 하시는 구술자를 볼 때마다 한편으로 안쓰러움을 느낄 때가 많았다. 또래의 마을 노인들이 대부분 농사 일선에서 은퇴하고 경로당에서 소일하고 있었지만 구술자는 여전히 적지 않은 면적의 농지를 경작하면서 농사를 숙명처럼 받아들이고 묵묵히 그 길을 가고 계셨다.

이 책은 원래 홍성두 1인 생애사를 염두에 두고 준비를 했으나 면담 과정에서 자연스럽게 자리를 함께한 부인 도분남 할머니의 이야기도 포함하게 되었다. 오십 년 넘는 세월을 부부로 함께 살아오면서 온갖 인생의 희노애락을 함께 겪어 왔기 때문이기도 하지만, 두 분의 이야기를 같이 신게 됨으로써 희미해진 기억을 상호보완해 주기도 하고 또한 이야기를 좀더 재미있고 객관적으로 들을 수 있기 때문이다. 따라서 이 책은 홍성두 1인 생애사의 형식을 취하고 있지만 내용상으로는 홍성두·도분남 두 사람의 부부생애사를 담고 있는 것이 그 특징이기도 하다.

이 연구활동을 원활하게 수행할 수 있었던 데는 여러분의 도움이 있었다. 무엇보다 이 책의 주인공인 홍성두·도분남 두 분이 있었기에 이 작업이 결실을 볼 수 있었다. 칠순을 훌쩍 넘긴 연세에도 불구하고 현역 농사꾼으로서 평생 해 온 농사일을 숙명으로 받아들이고 수행자처럼 그 일을 묵묵히 지켜 가고 있는 두 분에게 감사드린다. 또한 이 작업이 완성될 수 있기까지 연구보조원 강재순·김산영(영남대 대학원 석사과정)은 음성자료 전사작업과 사진 및 동영상 촬영 작업에 많은 도움을 주었다. 고모동 토박이로서 고모동에 얽힌 이야기들을 인터뷰하던 중 지병으로 고인이 되신 전 고모동 노인회장 김명조 님께도 감사드리며 삼가 고인의 명복을 빈다.

1. 고향에서의 어린시절

일흔넷의 현역 농사꾼 홍성두.(사진촬영 이태우)

고향 떠난 지 한 삼십 년 조금 더 됐지

내 고향은 청도군 청도읍 덕암이리 삼백육십육번지라. 우리 사는 데 집 번지가 거기가 다 같애. 고향에는 내가 태어나서 자라서 여(여기) 고모동으로 이사 오기 전까지 천구백칠십년까지 살았지. 고향 떠난 지 삼십 년 조금 더 됐지. 지금 고향 마을엔 뭐 대부분 노인들이 많아 가지고 농사짓기도 힘들지. 노인들 인제 뭐 조금씩 조금씩 짓지 뭐. 그리고 과수원 이런 건 어차피 좀 수월크든(쉽거든). 밭농사는 크게 마이(많이) 안 짓고 논농사 같은 건 젊은 사람들 남의 농사 소작하고 임대하고. 나이 많은 사람들 힘 없어서 할 수 있나. 제일 좋은 건 산에 복숭아 같은 거 [농사짓기가 제일 쉽지]. 시세만 좋은 거 같으면 [복숭아 농사] 할 긴데 시세가 안 좋으니까 뭐. 그 지금 객지에 나갔던 젊은 사람들, 성공하러 나갔던 사람들, [성공] 못하면 다시 [고향에] 들어가는 사람들도 있어요. 농사지으러. 농사지어 먹고살아야 되니까. 시내(도시) 나와가 성공 못하는 사람은 일 시켜도 일 모하거든(못하거든). [고향 덕암리는] 들이 넓어가 농사지으려고 하면 땅은 얼마든지 지을 수 있어. 농사는 마이 못했다카이(못지었다). 내가 젊었을 때, 한 사십 년 전에, 그러니까 내가 스무세 살에 결혼을 했으니까, 한 사십오륙년도쯤 되지. 그때는 살기가 참 곤란했어요. 여기 이사 오기 전 청도 있을 땐데, 이거 마 옛날 쌀밥 먹기 힘들었고 보리밥을 많이 먹었다 카이. 그때는 보리밥도 배불리 먹기 힘든 시대라. 보리밥도 못 먹고, 죽도 못 끓여 먹고, 하여튼 콩 심어 가지고 콩잎 뜯어 가지고 그래 콩잎을 넣어 죽을 끓여 먹고 이랬다니까. 그때야 참 고생했는 거 말할 수가 없어요. 그러다 그 당시에는 뭐 농사지어도 기계가 없고. 전부 다 인자 인력으로 인자 농사를 지었는데, 그런데 살기가 참 힘들었습니다. 의복 같은 것도 전부 손수로 자기가 수선을 해가 손수로 지어 입고 그랬다니까. 근데 그 당시에는 뭐 신발도 그때는 껌정고무신, 단화 같은 거, 구두 같은 거는 허허 왠만한 사람들은 못 신었어요. 마 고무신도 이래 뭐, 고급 고무신은 못 신었고, 검정 고무신, 흑색 고무신을 주로 신었는데, [그 당시에는] 흑색 고무신도 많이 흔하지 안 했어요. 짚세기(짚신) 삼아서 신고 그랬다니까.

모친은 인근 세 개 부락에서 인심 좋기로 알아줬지

아주 어렸을 때 기억이 조금이라도 나십니까?

어릴 때는 나무도 안 하고 뭐 놀았는 기지. 놀고 뭐. 그 당시에는 뭐 할부지 계실 때는 무서워 일도 안 하고 그래 지낼 땐데. 근데 어릴 땐 뭐 그기 대여섯 살 요때 우리 마을 댕기면서 놀고. 그 당시에만 해도 지금 맨치로 이렇게 안 놀거든. 뭐 논다 캐봐야 [친척] 집안 간에 놀러가는 기고 그

홍성두의 고향인 청도 덕암2리 마을 입구. 대부분의 농가에서 복숭아를 재배하고 있으며, 4월이 되면 마을 전체가 온통 복숭아꽃으로 뒤덮인다.
(사진촬영 이태우)

(예)(어린시절) 아버지 할머니에게 사랑을 많이 받으며
자라 ~~~~며 낫다

(예)(학교생활) 해방된 일곱때, 한국선생님은 국어선생
한사람 뿐이 없다 집에서 학교까지 그리고
6키로 그리에 거러서 단여서며 그렇지
교복은 어머님이 목화로 길삼을 손수로
만더서 원단을 획직 염색으로 염의하여
어머님의 손수로 교복을 지어 착용했다
상상할수 없는 부모님의 고달픈 생활 어이라
이절수 없다

어린 시절 생모에 대한 기억을 떠올리며
쓴 홍성두의 자필 글씨.

홍성두의 생모(장임이) 회갑 때 고향
생가에서 찍은 사진.

래. 뭐 엄마 따라 이자(이제) 외가 가고 그기고. 여기 고모동은 생모이신
우리 모친 인동 장씨 친정 동네라. 여기 고모동이 내 모친, 생모님 친가가
여기거든. 모친 친정집 자리는 예전 그 자린데 지금은 재개축했다. 양옥
식으로 새로 지었다. 저 우에 저수지 밑에 거가(거기가) 우리 모친 친정
집이라. 인제 내 양모는 경주 김씨고. 우리 모친은 내 고향 마을 덕암리
인근 세 개 부락에서 인심이 좋기로 알아줬다니까. 사람들이 생모 택호
를 고모촌댁이라 불렀어. 그래[서] 고모촌댁이라. 지금 살고 있는 고모동
은 우리 생모의 친정 동네라. 모친은 그 인자 농사일 고생하는 머슴 편도
마이 들어 주고 그랬어. 그 옛날 머슴들이 밥 못해 주는 거 그쟈. 이거 옛
날에 머슴들 제일 큰 불만이 반찬 없는 거였다니까. 그때는 살기 어려울
때거든 쌀로 밥해 주기가 힘들었어. 일꾼들 산에 풀 베러 가면, 소 몰고

가면, 누[ㄱ]귀 집 반찬이 좋고 누[ㄱ]귀 집 밥에 쌀이 많이 썩깄고(섞였고) 그게 말이 많이 마을에 퍼진다 카니까. 그리고 인제 일꾼들 술을 담아서 목마르지 않게 하고. 옛날에는 술이 안 떨어지고 계속 머슴들 대 주고 그게 인심이 그기라(좋은 거라). 옛날 인심은 딴게 아이라. 인제 머슴들끼리 모여 가지고 누구 집에 뭐 주고 하면서 소문이 도는 기라. 그중에서도 인심이 후한 집으로 우리 집이 들어갔는데 다 우리 생모님 덕택이지.

어르신 본관은 어디신가요?

남양. 남녘 남(南) 자, 볕 양(陽) 자. 남양 홍씨 문정공파라. 우리 남양 홍씨 시조는 내게 중시조인데 십삼 세에 벼슬했고 문정은 십팔 세에. 우리는 문정공파라. 지금 여기 덕암동에 산지는 오대째 나지. 군위 거기는 칠대, 칠대 조부가 군위 거기 산소 있거든. 선산이 군위군 소보면 대흥 일리 태양산에 있어. 그래 태양 전체 거기 우리 홍가네 산이라. 홍가들 거기 많다. 거기에 한 오백 가구 산다니까. 군위 군수가 홍모 그분이 전에 군수 안 했나. 그분이 홍가들 많기 때문에 선거해서 당선되었다니까네. 그러니까 거기에서 집성촌을 이루고 살고 있지. 우리 남양 홍씨들이. 우리 서당 선생 산소 있는데 홍씨들이 마이 모여 살고 있지. 우리 묘사 지내는데 가도 전에는 할아버지 대(代)는 할아버지가 유학자기 때문에 서당 선생 전부 이래 묘사를 다 챙겨 줬다니까네. 음력 시월 초파일날 가서 [묘 새] 다 보고 올라 카면 음력 시월 십칠일 되어야 온다니까네. 그 묘사는 우리는 인제 못한다니까. 인자 다 영 멀어졌 뿌고(멀어져 버리고). 우리 직계 칠대조 산소만 우리가 묘사를 가고 한다니까. 마을에서 인자 음식 장만해 주고. 칠대조 산소가 거 있고, 육대조 할배가(할아버지가) 객지로 나온 기라. 그래서 우리는 거 어디갔나 하믄(하면), 임진왜란 때인가 언젠가 모르겠는데, 청도 이서면으로 왔어. 그런데 지금은 [오래되어서] 실마되었다 하니까 산소가. 그 밑에 인자 오대조 할배가 이서 거서(거기서) 묘사를 지내고 오대조 할매가 인동 장씨인데 덕암에 와서 그 산에 우리 종묘 산이 있다 하니까. 그 할배 할매하고 부부간이라. 그래 묘사를 지금 하잖아. 그 할배는 거서 세상 버려 가지고(돌아가셔서) 거서 묘를 쓰고, 할매는 인자 살기가 그래가(힘들어서) 아들 들고(데리고) 덕암 마을 와서 사는데 덕암서 인제 와 가지고 아들을 둘이 뒀는 기라. 아들 족보 있거든. 그래가 아들 둘이 뒀는데 고기서(거기서) 인제 큰아들이 내게 고조부 아이가. 큰고조부면 종손아이가 그자. 그러이 우린 차손이라. 내가

살던 고향 집은 이사 올 때에 팔았지. 건물은 아이(아직) 있는데. 덕암이리 찾아가면 동장 집만 찾아가면 돼. 내 삼종이 동장 보고 있거든 홍ㅇㅇ이라고. 홍ㅇㅇ 이가 동장이고 내 사촌 형님이 여 바로 옆에 있는데, ㅇㅇ이 내 삼종하고 이웃 간이다. 물어보면 알아요. 동장 [이름] 안대도 덕암이리에 홍성두 할부지, 홍ㅇㅇ이라카든지 둘 중에 하나만 말해도 알아. 청도에서 여기 고모로 이사 오기 전까지 살던집은 삼백육십육 번지이지만 내가 태어난 곳은 거기 아이다. 거 남천면에서 살다가 다시 청도 고향에 들어가서 그 집을 새로 지었다 말이다. 내 태어난 집은 내 사

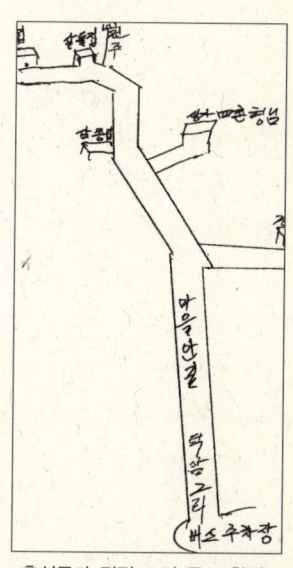

홍성두가 직접 그려 준 고향집
약도.

촌 지금 살고 있는 그 집이 거기라. 그 집도 지금 여여 그거(개축) 했다. 웃채 양옥식으로 지었다. 전에 네 칸 집인데 거. 내가 그 집에서 태어났다. 사랑채는 있을 끼다. 사랑채는 아이(아직) 있다. 사랑채와 초당하고는 그거는 아이 있는데 두 칸이고, 그 또 한 칸은 그거 해 가지고 원래 두 칸, 두줄배이라 사랑채가. 사랑채가 두 칸 두 줄배이인데, 초당하던데 하고 사랑[채]하고 두 나지기(두 채는) 그대로 있고, 그러이 이쪽에 이자 방이 하나 있었는데 홀방하고 있었는데 그거는 내 사촌이 농기구 창고로 변동해 놨다 카이. 입구 창고로. 지금 그 집엔 내 사촌 형님이 살고 있다 카이. 덕암이리 동네는 전에 내가 [살]고 있을 때 한 칠십오 호쯤 됐다 카이. 근데 호수가 많이 줄었다. 건물도 지금 양옥집 지은 사람도 많고. 내 생가는 동네 고 젤(제일) 우엔데(위에 있는데) 젤 우에 뭐 우끝타리(제일 위쪽 끝)에 있어. 여게(여기) 오기 전까지 살았던 집하고 가까워. 바로 가차이(가까이) 있다 카이. 내 살던 집은 그러니까 내가 열여덟 살 무가(먹어서) 양부모님하고 다시 청도로 가 가지고 다시 그 집을 지었다 카이. 지금 고향 동네엔 삼종집, 큰집 친척들 몇 집 살고, 여기도 [대구] 시내에도 몇 집이 있는데 전부 객지로 다 나갔어. 결혼도 이리로 이사 나오기 전까지 살던 집 거서(거기서) 했어. 지금은 버스가 마을 입구까지 들어온다 카이. 청도읍에서 여기 덕암마을까지 거리는 한 육 키로 된다. 여 무등동서 올라가면 거리가 얼마 안 돼요. 여 남산 고개 쭉 넘어가 쫙 청도 쪽으로 쭉 내려가면 오른편에 교회가 있다 카이. 거서(거기서) 교량 하나 지내고 나만은 부락이 쫌 있다 카이 도로가에. 그게 무등동이라. 학교도 있고 말이야. 거 대반(바로) 학교만 보고 가만 된다. 무등초등학교 거서 좌회전해 가지고 올라간다 카끼네. 경산서 청도읍 가기 전에. 거서 대각선으로 내려가면 한 중앙 된다 카이.

내 조부시대 땐 살림이 괜찮았어

참봉 지내셨다는 조부님에 대한 기억이 있습니까?

할아버지도 아들 서이 아이가 그자? 할아버지 큰 할매에 아들 둘이 낳거든. 그래 놓고 작은 할매도 아들 낳았다 말이다. 공부는 어릴 때 내 조부님께 한학을 좀 배웠는데, 내가 학교에 들어가기 전에 일곱 살 먹어 가지고 천자문을 할아버지한테 좀 배웠다니까. 그런데 한학 공부가 별로 재미가 없었는지 내 실력이 마이 늘지는 않았어. 그러다가 열 살 먹어서 청도읍에 국민학교에 들어갔지. 내 조부님은 내가 열 한 다섯 살쯤에 돌아가셨다. 우리 조부님이 나를 마이 귀여워해 주서서 할아버지에 대한 기억이 마이 나지. 그런데 내가 열두 살 먹어 양부모 만나 대구로 왔거든. 그래 양자 하면서 대구로 오는 바람에 [할아버지에 대한] 기억이 별로 많지가 않아. 그전에는 뭐 내가 학교 이래 입학하고, 할아버지도 인자 참봉[1] 할아버지 양재봉이라고 안 있나 그 할아버지 사랑에 놀러 갔지. 왜 그래 자주 놀러 갔냐 하면 덕암일리에 참봉 한 분 더 있다 하니까. 그분이 가깝다고 놀러 오면은 그래 가지고 세 분이 인자 자주 매일같이 노다 가시고 했지. 모여서 노는 장소가 양재봉, 양경옥 이분 댁에요 이분은 맨 (마찬가지로) 덕암이리에 같이 살았거든. 그래 마을에 거 그 집은 집도 너리고(넓고), 사랑도 너리고, 방도 너리고 해서 인제 그 집에서 마이 모여 노셨지. 조부님, 할아버지는 진짜로 선비셨거든. 그렇기 때문에 동네 일로 말이야 옛날엔 뭐 동네 일, 어른들 모이가(모여서) 동회의 같은 거 하면은 그자, 이야기 우선 발언권을 우리 할아버지가 많이 가졌다니까.

조부(홍순태) 회갑 때 찍은 사진.
선비로서 참봉을 지낸 조부는 홍성두가
어렸을 때 돌아가셔서 기억이 많지
않지만, 한학도 배우고 귀여움도 많이
받았다고 한다.

지금 동회의라 하면 이게 언제고. 뭐 손님, 사랑 손님도 많이 받았다니까. 하객 손님도 많이 받았다니까. 길 떠난 하객 손님들, 길 쫓는 하객 손님들 사랑이 있으니까네. 손님들이 오면 인자 주로 자고도 가고 밥 한 끼 먹고 가는 경우도 있고, 그런 사람들이 많았어. 옛날에는 차가 없고 전부 걸어 다녔거든. 걸어 다니다 길이 먼 사람들은 마을에 들어와 하객들이 동네 사람들한테 길을, 사랑을 묻는다 카이. 나이 많은 사람들이 길을 다니다 사랑을 물어본다니까. 사랑이 있는 집이 어디쯤 있는지. 그래서 오신 분들은 조부님하고 유사한 사람, 연령도 비슷하고 그런 사람들이 많았어. 그래 인제 낯모르는 사람 그런 사람, 뜨네기가 와도 집에서는 밥도 한 끼 대접하고 해서 인심을 참 많이 얻었지. [내] 생부, 생부님은 할아버지가 유학자기 때문에 독서당에 앉아서 십삼 년 동안 한학을 가르쳤다고 해. 내 선고 어른한테 십삼 년간이나. 그래서 집안에서는 한학 공부를 좀 많이 한 편이라. 그리고 하여튼 할아버지가 굉장히 인심이 후하셨어. [인근 세 개 동에서 인심을 알아줬어. 하객들, 길가든 하객들을 말이야 재워 가지고 대접해 보내는 것이 이기 굉장히 인심이 후한 거지.

그럴려면 농사를 많이 지었겠네요?

밭을 열댓 마지기 정도 지었지. 밭이 좀 많았거든. 옛날에 농사 뭐 열댓 마지기만 되면 목화 뭐 그런거도 많이 심고 그랬어. 머슴이 둘이 있었는데 큰 머슴은 논 세 마지기를 주잖아. 논 세 마지기 생산되는 거 그대로 가져가 뿌고(버리고). 젖머슴은 인자 그기 씨내림 하고 소나 먹이러 다니고 말이야. 그런 젖머슴에게는 말삯을 줬다 하니까. 스무 말짜리도 있고, 한 서른 말짜리는 큰 기고. 농사 뭐 그 정도면 하객들 대접하고 식구들 먹고 살고, 뭐 그래도 먹고 남지 뭐. 그 당시에 농사가 대충… 논은 뭐 평수는 많았는데 논 한 마지기가 이백 평이거든. 그러면 삼백 평이 한 마지기도 있고 그래. 그때 한 스무 마지기 지었다. 스무 마지기 전부 다 많이 나온다 하께네. 밭이 많았다. 그때 밭에 거 일이 많았거든. 밭은 대여섯 마지기 되는데 거는 뭐 목화도 심고 여러가지 했는데, 그래도 동네 주변에서는 농사를 제일 많이 지었다고는 할 수 없고. 더 큰 농사를 지은 사람도 있었어. 한 오십 마지기 이상 지었다. 내 제종숙 칠촌 아제. 내게 칠촌 아제면 종조부 아이가 그자. 오촌 할배 그자. 칠촌 아제의 아버지가 오촌 할배뻘 안 되나. 내 종조부 그 할아버지는 우리 할아버지랑 사촌 간인데 종조부한테 그자. 그 할아버지는 [한학] 실력이 크게 없었는데 재산이 많았어. 백 마지기도 넘었어. 어쨌든 한 집안이라. 할아버지하고 사촌 간이라 한마을에 살았어.

그 위에 증조부 때부터는 같은 조상이겠네요?

그래 증조부, 내게 증조부 할아버지의 부친 아이가 그자. 고서 갈렸는 기라 증조부가. 할아버지 아버지가 내게 증조부거든 증조부가 동생이고. 응 종자 옥자라고 내게 증조부고 행오위장 벼슬까지 했다니까. 갈 행자, 다섯 오 자, 위수 위 자, 장수 장 자. 거 행오위장 벼슬이 그때는 알아줬다니까. 증조부 형제가 두 형제인데, 내 직계 증조부는 동생이고, 형되는 거는 그 한마을에 같이 살았는데, 형 되는 분이 내 종조부 안 카더나. 거 직계 조부 안 되나 직계 부친이지 그자. 그래 두 집안의 재산을 합치면 많지. 그 동네 부자가 있어. 양경옥이라고. 거는(그분은) 더 부자라. 거는 남천면 딴 데도 땅이 있고 머슴 서너 명을 데리고 있었어. 양경옥 그분 있을 땐, 할아버지하고 그 할아버지하고 단짝이라. 같이 인자 한 사랑에서 노시고 이랬다고 두 분이서. 양경옥 할아버지 그분은 참으로 부자고 옛날에 제실이 두 군데나 있었을 정도라. 내 조부 때는 집안 형편이 괜찮았지. 그때는 괜찮았어. 머슴이 큰 머슴, 적은머슴 들고(데리고) 있었다 카이. 머슴 둘이를… 내 조부 시대라. (할머니: 내 시집 와 가지고는 살림도 다 없었고예.) 우리 조부님 시댄데, 내가 어렸지. 열 살 미만, 그 정도 될 때, 들어가면은 초당이 있고, 할아버지 인자 거처하는 사랑 있고. 초당은 인자, 일꾼들 모다가 쭉 자는데, 그런 초당이 있고. 그래 있었는데… 아직도 초당채 건물이 있다 카이. (할머니: 아직 건물이 있어예.) 건물은 지금 내 사촌이 살고 있어. 그 건물에. (할머니: 우채는 새로 지었고, 아래채는 아직 그 건물이 있고, 아래채는 시숙모 살고 계신다 카이.) 그때 머슴은 큰 머슴, 적은머슴(작은머슴), 그 밑에 쪼맨한 제일 적은머슴이라. 소나 먹이고 뭐 소꼴 먹이는 그런 머슴이고. 머슴들 새경은 논

새경을 주는 기라. 큰 머슴은 논 세 마지기 생산 나온 거 그거 완전히 탈곡해 가지고 가 가고(가져가고). 중머슴은 인자 봐 가지고 쭉 큰 머슴이 조율한다 카이. 적은머슴들은 나이가 몇 살, 몇 살 있거든. 나이가 열다섯 살이면 열다섯 살, 적은머슴은 말이지 나이가 있다 카이. 나이를 차이를 둬 가지고 더 주면 더 주고 나이가 많으면 더 주고 적으면 적게 주고. 큰 머슴들이 적은머슴 새경을 매긴다 카이. 큰 머슴이 적은머슴을 집결해 가지고 모여 가지고 회의를 해서 그걸 결정한다 카이. 주인이 결정하는 게 아니다. 큰 머슴이 인자 누구는 얼마 줘야 된다고 정한다 카이. 거기에 입각해 가지고 쭉 연차적으로 그래 준다 카이. 그리이(그러니까) 큰 머슴 권리가 컸지. 큰 머슴이 머슴 살면 일 년에 옷을, 삼 철 입을 옷을 해 줘야 돼 이거. 봄, 여름, 겨울 동복, 삼 철 입을 거 해줘야 돼. 그런데 보통 봄에는 안 해주고 여름 하복하고, 겨울 동복 솜 넣어 가지고 사철 입을 거는 해주는 데, 보통 양철 의복 주는 기라. 그걸 주고 한집에 뭐 삼 년 이상 계속 있으마 선물을 인자 밥그릇 한 불(한 벌)을 사 주고 그런 사람이 있어. 주인집에 들어와 사는 머슴도 있고, 결혼해 가지고 밖에 따로 자기 집에 살면서 와서 농사일만 해주는 머슴도 있고. 그래 인자 옷은 그래 주고. 하여튼 계속 삼 년 그 집에 있으마, 밥그릇 한 불썩 선물한다 카이. 놋그릇으로. 주인집에서 인자 그래 해주잖아. 그라면 그 집 인심도 좋고. 큰 머슴이라고 카마 그래 대접해 줬지. (할머니: 스무 살 돼야지요.) 일을, 힘든 일을 많이 해야 하거든. 그럴려면 큰 머슴 나이가 인자 스무 살은 넘어야 돼. (할머니: 장개가 가지고 아이들도 있고.) 중머슴은 보통 한 열다섯, 열여섯, 일곱 정도지. 열여덟에서 스무 살 사람들도 큰 머슴에는 못 들어가지. 그러니까 중머슴에 들어가지. 중머슴 하면은 소 몰고. 옛날에는 소 짐낭에 등짐에 싣고 왔잖아요. 큰 머슴은 그랬고, 중머슴은 옳게 못한다 카이. 그때는 제대로 먹지도 못하는 시대라서 요새만큼 사람들이 키나 덩치가 안 컸지만 그래도 힘은 좋았어요. 그때만 해도. (할머니: 예, 지금 사람들보다 힘은 좋습니다. 큰 사람도 있고 적은 사람도 있는데, 그래도 혼자 짐 싣는 사람이 얼마나 그거 하다고요. 산에 가가 나무해 가지고 혼자 나무 두 바리(등짐) 싣고 와 보이소. 얼마나 그러겠어요. 자기 손으로 혼자 할려면은. 황소 큰 데다가 매달리 가지고 짐 싣는 거 보면 참.) 혼자 나무해가 실을 때는 등에 져 가지고 소 등에 얹는다 말이다. 혼자 실을라 카마. 소가 안 나부대고(설치고) 말이야. 소가 안 설쳐야 되거든. 그때 심덕 좋은(말 잘 듣는) 소는 일꾼이 수월코. 소가 막 설치는 거는 혼자 힘든다 카이까네. 소코에 탁, 코뚜레에 탁 [고삐를] 매 놓고 말뚝 쳐 가지고 딱 매 놓으면 소가 순하다 말이야. 지금 소는 그 하지만은 그때는 계속 쓰는, 교육시키는 소는 말 잘 알아 듣는다이카네. 그러니까 등에 실을 때 말이지. 혼자 실을 때는 저기 얹어 가지고. 조 얹어 가지고. 우에 다시 올려놓고, 돌아가가 양쪽에 끈 노끈이 있다이 카네. 땡겨 가지고 받쳐 놓고 그래가 실었어. 혼자. 나도 많이 했어요. 혼자 하기는 상당히 힘들지. 소가 안 나부대야 돼. 그라고 본인도 나무를 소등에 올릴 정도로 힘이 있어야 되고. 힘이 그래. 그때는 장군 아니가, 그래 장골이 아니가. 그러니까 중머슴은 못하지. (할머니: 중머슴 있으마. 둘이 가 놓으면, 소도 붙잡아 주고.) 받아 주고, 실을 때 받아 주면 훨씬 수월치. 그리고 여럿이치(여러 명이) 가면은 서로서로 안 한다 카이. 싣고, 실어 놓고, 한 바리씩(한 짐씩) 싣고, 또 뒤에 싣고 혼자 가 놓으마. 혼자 갈 수가 있다 카이. 왜 혼자 가는가 하면은 혼자, 자기 [혼자 정해 놓고 가는] 산이 있다 말이다. 화목 같은 거 해 놓고 말이지 건조되면 가져가려고. 혼자밖에 못 가는 기라. 딴 사람 들고 가면은 혼자 할 수 없잖아. 그러니까 혼자 가서 실을 때가 많다 카이. 그래 그때 인자 소 같은 거 질로(성질을) 그렇게 어릴 때부터 시켜 놓으니끼네(길들여 놓으니까) 말을 잘 알아듣고 그러는데, 지금은 소, 그런 소가 있나? 없어요. 그때 적은머슴은 나이가 한 열댓 살 정도 됐을 끼라. (할머니: 열댓 살, 그거는 없는 사람은 열한 살 먹은 것도 있을 기고.) 열도살 먹으마. 아주 없는 사람 그자? 없는 사람들 먹는 거나 실컷 먹일라고. 그래 가지고 아주 소 머슴은 인자 넣어 주거든. 넣어 주면, 심부름 가고, 소나 먹이러 가고, 소 풀이나 뜯고. (할머니: 밭 메는 데 같이 거들고.) 그리고 인자 아주 식전에 개똥 같은 거 이런 거 줍고. 퇴비, 소똥 해 놓은 데 가마. 소똥 있잖아. 그거 조(주워) 와 가지고 퇴비 증산하고 적은머슴도 일 많이 해. 꼬마 머슴도. 그래 가지고 고밥은 많이 안 줘. 일 년 내 먹으면, 그거는 인자 한 열 말, 피곡 열 말 정도, 열두 말 그 정도 봐 가지고, 일 년에 열 말에서 열두 말 정도. 큰돈이라. (할머니: 그때 옷도 해줘야 되지.) 옷은 다 같이 해줘야 돼. 삼 철 옷. 삼 철이라고 했는데, 봄으로는 안 해주고. 여름에 삼베, 삼베옷 하고 겨울에 동복 해주고, 한복을 해주거든. 먹여 주고 재워 주고 그래, 그것만 해도 힘들어요.

일제시대 때 공부는 많이 안 했어요

어렸을 때 학교는 청도에서만 다녔습니까?

일제시대? 일제시대 때, 공부는 많이 안 했어요. 신학은 많이 안 하고, 할아버지 앞에서 한문 좀 띠고(떼고), 군대가가 내가 필적 많이 늘었거든. 군에 가가 행정 보면서. 군대에서 글 배운 거라. 학교 다닌 거나 매 한 가지라. 잘 배웠어요. 내가 내 자필로 자습을 많이 했단 말이야. 한학 공부 좀 했고, 신학 공부는 마이 모했어. 신학도 일정시대, 내가 삼학년 올라가가 해방되었거든. 열두 살. 일제시대는 아홉 살 되어야지 입학한다 말이다. 기숙사에 아홉 살 돼야 입학을 시켜 주는데, 그전에는 여덟 살 되면 입학 안 시켜 줬다 카이. 그래 한 학교에 일본 선생이 많고, 우리 한국 선생은 별로 없어요. 옛날에 우리 댕긴 학교가 전부 지금은 군 소재지가 되어 있다 카이. 지금 청도군청 자리가 거기라. 내가 국민학교 삼학년 되어 가지고 양자로 가 가지고 대구로 왔단 말이야. 그 다음에 양자와가 대구 여 있다가 보니 그때는 학교 못 다녔어. 여기 있다가 남천면 원동이라 카는데, 금곡동] 위에 금곡 안골 짝에 원동이라카는 데 있어. 남천면 원동이라. 거 인자 내 고모가 계시거든. 내 고모가 내 손위로 누님뻘 되거든. 거기로 대구서 이사를 했다니까. 거기로 이사를 가 가지고 좀 살다가 해방돼서 팔일오해방 일천구백사십오년도 아이가 해방이. 해방되고 그 이듬해 고향에 다시 들어갔어. 고향 청도 덕암에 들어갔어. 거 여기(남천면 원동리) 있어 보니 [양부님이] 연세도 높으고 고향 생각이 나고 말이야. 그래서 고향에 들어가려고 다시 농지를 팔아서, 농지 처분하고 다시 고향에 농지를 샀다 카이. 그래가 거서 이자 양부모님하고 계속 살았지. 이자 거서 핵교(학교), 고등공민학교라 있어서 거기 학교 좀 다녔어요. 그때가 한 열일곱 살이가. 거기 고등공민학교 좀 다니다가 완전히 졸업 못했어요. 농사짓기 위해서 학교를 그만뒀다 카이끼네.

중부님 댁에 양자로 들어가다

내가 양자로 갔거든. 중부(仲父)님 앞으로 양자를 갔단 말이야. [외가

댁 가족사진을 보메 내 양모님은 경주 김씨란 말이야. 이 엄마가 아들을 못 낳았거든. 그래서 우리 참봉 할배가 중부님 앞으로 애를 보내라 해가 그래가 내가 양자로 왔단 말이다.[2] 우리 참봉 할배는 할매가 둘이라. 그리 이 양부모님은 작은 할매한테 낳고 응? 저 내 낳은 아버지하고 삼촌하고는 큰 할매한테 낳았고 그렇다. 할배는 친할배고. 인자 그러다가 내 양어른이 대구로 이사를 와. 대구에는 내 양모님 친정 식구들이 살았는데, 거(그쪽) 집은 다 잘살았다 카이. 그때 외삼촌이 대구에서 양복점 차려 놓고 잘살았다 카이. 근데 양어른이 일제시대 때 조요 피해 가지고, 조요 안 갈라고 일제시대 징발 안 있나? 그래 조요라, 징병 안 갈라고 그래가 피해 왔는 기라. 뭘 했나 하면은 양계, 닭을 먹였다 말이다. 양계해 가지고 살았어. 그래 고향 [가산 다 터고(정리하고) 이리로 왔네. 그래 내 양어른이 객지에 살다가 보니, 객지생활이 또 외롭단 말이다. 그래서 나중에 중부가 고향에서 편안하게 살려고 다시 안 들어왔나. 그때가 해방 이듬해지. 내 나이 열네 살 때인기라. 그러다가 고향에서 인자 중부님이 세상 버리고 그 길로 내가 나온 택이지. 양부모님과 같이 살 때는 인자 양모 양부친하고, 양모 할매 모시고 같이 살았어. 할부지가 할매 둘이라. 그리 이 작은 할매를 내가 모셨다 하니까. 내가 모시고 있어야 기제사를 내가 모신다니카이끄네. 묘제사는 할부지가 할매가 둘이니까 큰 할매하고 할부지하고는 큰집에서 모시고, 기제사 작은 할매는 내가 모시고 밥 세 그릇 떠 놔야(떠 놓아야) 되거든. 밥 세 그릇 떠 놔야 된다 말이야. 묘제사는 설날하고 추석하고는 큰집 할배하고 큰 할매 작은 할매 세 그릇 떠 놓고, 기제사는 서로가 다 큰집에서 지내도 세 그릇 떠 놔야 되고, 내가 지내도 세 그릇 떠 놔야 되고 예의상 이제. 묘제사만은 큰집에서 인자 같이 할부

1930년대 후반 홍성두가 양자로 가기 전, 양모의 친정 동생(홍성두의 양외삼촌) 결혼식 사진이다. 뒷줄 맨 왼쪽이 양부(홍갑식), 왼쪽에서 다섯번째가 양모(김준이), 앞줄 가운데 한 가운데가 양외삼촌. 앞줄 갓 쓴 이가 양외조부.

지하고 할매하고 같이 떠 놔.

두 군데서 한 분 제사를 지내는 게 아니라던데요?

두 군데서 지내는 기 아니지. 기제사는 어른들이 안 카나 제사는 갈라 지낸다 이카거든. 근데 이기 오래 가만 세월이 몇 대 내려가면 달라진다고 이게 내려가면은 후손들이 꺼린다 말이다. 이 할배는 족보책을 보만은(보면은) 아들이 있다 말이다. 호적상에도 있고 출생 그도(거기도) 있그든. 그르이(그러니까) 행정상에도 있으이끼네 이 할매는 해당 안 된다. 근데 이게 묘제사는 갈라 지낸다고. 큰집에 지내믄 거도 떠 놔야 되고, 내가 모셔도 내가 작은 할매 제사 지낼 때도 세 그릇 떠 놓거든. 축도하고 이게 갈라지는 게 아니라니까. 축에는 세 사람 다 들었기 때문에 갈라 지내는 기 아이라. 한 분만 떠 놓으만 갈라 지내는 거로 보는데 부부 간이라서 갈라 지내는 게 아이라고. 생모 외가는 여기라 인동 장씨. 내 양모님은 경주 김씨고. 양모님은 그 고향이, 친정이 원래 전에는 대구라. 양모가 일정시대 양복점 채려 놓고 했다고 범어동. 범어동 거기 교회 있제 범어 로타리 좀 덜 가가(덜 가서) 거게라(거기라). 대구은행 조금 덜 가. 내가 양자 가가 대구서 살 때 우리가 어디 있었냐 하면 저저 지금 법원 있는데 거기 있었다 하이. 옛날 동명이 한골이라. 지금 동명으로 만촌동이 아니고. 지금은 만촌동으로 돼가 있거든. 그 당시에는 한골이라 캤다 카이. 골짜기도 그렇게 안 컸는데, 산이라 캐봐야 지금 법원 있는데 그 산뿐이라. [사람들이] 대한골이나 한골이라 카데. 거기서 살긴 살았지만, 마이는 안 살았어요, 양부가 양계했거든 한 오 년 살았나. 고때 외삼촌이 양복점 하셨고, 양부는 양계했단 말이야. 닭 믹있다카이(먹였다니까). 그때 일정시대라 사료가 좋은 거 나왔다 카이. 쌀 같은 거 뭐 나왔다 카이. 그때 당시에는 양계장이 요즘처럼 그렇게 많이 없었어. 혹시나 있어도 그렇게 양계 닭을 많이 안 믹였어. 그때 우리 양계장에서 닭을 얼마나 믹있는가 하면 아마 백 마리가 넘지. 백 마리 넘어요. 한 오백 속 될 끼라. 양계조합장에 가입해 가지고 그니까 사료가 나오는 기라. 그래가 사료가 나오믄 그걸로 먹이지. 지금은 사료를 사 믹이지만 그때는 안 사 믹인다 카이끼네. 사료가 항상 배달이 됐다 카이. 대신에 사료 배달해 주믄(주면) 우리는 계란을 갖다 대고. 그르이(그러니) 사료값 대신에 계란을 갖다 대는 기라. 계란 한 알에 얼마 가격이 있거든. 사료는 키로에 얼마 그때는 키로가 아니라 근이거든. [사료와 계란을] 교환하는 택이라. 그때 수입이 괜찮았지. 판로가 그때는 고정적으로 되는 기라. [계란 가격이] 하락세도 없고. 양어른이 대구 와서 양계를 한 거는 원래 일제시대 조요 안 갈라고 이사 온 거라. 그래 이사 가면 조요에 해당 안 하거든. 일정시대에 징발 안 갈려고 그래 글로(대구 만촌동) 이사 갔다고. 이사하니 주소가 바뀌지. 지금하고 그때하고 틀리는기 주소가 완전히 바뀌면 그러면 조요를 잘 안 나가도 됐지. 영장도 그 당시에 영장이라카는기 관에서 발부하는 게 아니고 병무과에서 발부했는데 요새 같으면 면사무소나 경찰서 등인지. 마을도 이장이 말이다 마을에서 징발하는데 하여튼 고모동에 몇 사람 차출하라 카면 동이장이 선출했지. 동장 힘이 상당히 컸지. 일제시대 때 징발당해가 사망했는 사람이 해방되고 나서는 동장한테 공격했다 카이끼네. 원한이 많았다 카이. 청도 있을 때, 내 칠촌 아제인 제종숙 어른이, 우린 어떤 식으로 보냈는지 몰랐는데, 나중에 알았는데, 그래 보내가 나중에 사망했다 케가 그래가 야단났어. 쳐들어 가고 야단났어. 여하튼 그때는 동이장의 권한이 컸다. 그래 가꼬 양부께서는 인제 조

홍성두의 작은 조모 사진.　　홍성두 양모의 젊은 시절 사진. 앞줄 왼쪽이
　　　　　　　　　　　　　　홍성두의 양모 경주 김씨(김준이).

요 피할려고 여기 대구서 양계장 하다가 남천면으로 다시 이사 갔어. 이
사 갈 때 그때는 나이도 많고 조요를 면했다 카이끼네. 그때는 고향에 안
들어가고 [고향] 중간에 가다 이제 고모가 사시는 거기 남천면에 정착했
다.[3] 그때는 내 양어른이 고향서 나온 지 오래되었다 카이까네. 나도 양
자로 늦게 갔을 때라 카이까. 열두 살 먹어서 갔으니까. 대구 사시든 양
부모님이 나를 이뻐해 가지고 삼학년까지 청도서 학교 댕기다가 양자로
갔으이끼네 늦은 거 아이가. 여 있다가 남천면 드갈 때(들어갈 때), 양계
수입도 괜찮고 했는데 왜 남천으로 이사 갔냐 하면, 객지 나와서 십 년 지
난 후에 고향 가면 안 좋다 캐가. 옛날에 풍속이 그렇데. 그래가 고향 가
까븐데 간다 카고 남천으로 이사 간 기라. 여기(대구) 있어 보니까 양계
장 하기 나이 많아가 양계하기 힘들다 카는 기라. 그래서 생각해 보고, 고
향이 가까워서 간다 카고 갔는 기라. 그래서 고향 가차이 있는 남천면 원
동 그리로 갔어. 그 동네에 양부님의 누님이, 내한테는 고모 되시는 분이

홍성두의 양어머니 댁 친정 가족사진으로 외조부와
외삼촌 식구들이다. 외삼촌은 당시 대구 시내에서
양복점을 경영하고 있었다.

살고 있기도 했고. 남천면 거서 청도 간에 산 하나 너머에 있다. 거기로
이사 가가 거 또 얼마 있어 보니까, 몇 년 있어 보이까네 외로움이 자꾸
깊이 들어오는 기라. [양부님이] 정이 안 붙여지고 외로븐(외로운) 기분
이 드는 기라. 그래 가지고 옛날에 칸다카이, 사람이 객지에서 오십 세 넘
으면 고향 찾는다는 옛날 속담 있잖아. 젊을 때 객지생활 하지 나(나이)
많으면 고향으로 돌아와야 한다 하잖아. 또 그 당시에 고향에는 내 조부
모님이 그때까지 살아 계셨거든. 그래가 양부님이 고향 가자 카믄서(하
면서) [같이] 따라갔지.

일정 때 목화 공출 마이 대가 상 받은 거라

일정 때 목화 농사 지가 공출 마이 됐다고 상으로 받은 거울이 지금도
여 벽에 걸려 있잖나. [거울에 새겨진 글자를 보여주며] 여기 목화 개조기
안 있나, 소화 십삼 년 아니가, 여 웅? '청도농회' 해 놓았제. 이게 소화
십삼 년 같으면 오래되었다. 내가 소화 팔 년생이라 말이다. (할머니: 그
러면 오래된 거지 뭐.) 내가 청도에 있을 때 청도군 농회가 일정시대라
말이다. 그래가 목화를 많이 대가(재배해서), 목화 공출 마이 됐거든(바
쳤거든). 일정시대 때. 목화 많이 심어가 그럴 때 상 받은 거라. 소화 십삼
년 떡 안 해 놨나. 오래 되었다. 내가 소화 팔 년생인데, 이건 그래 내 나
이가 칠십셋이니까 육십팔 년째 나나 안 그러나.[4] 다섯 살, 오 년이제, 그
리 칠십셋에 오 년 빼마, 육십팔 년째 난다 말이다. 그 당시 거울치고는
잘 만들었제. 아직 안 변하는 거 봐라. (할머니: 그러니 아이들이 전신이
골동품이라고 하지. 하하하) 상 받은 기라고. 목화 공출을 많이 대가 받
았는 기라. 옛날에는 영 저런 것도 숨가 놓으면 공출 다 대라고 하지요.

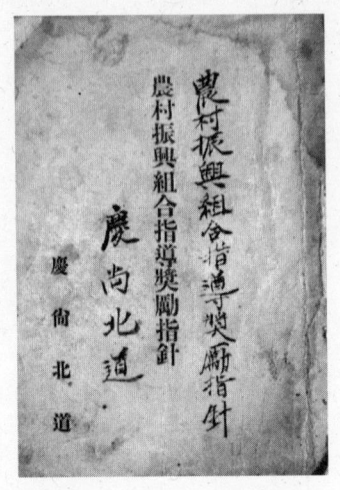

홍성두가 소장하고 있던 일제시대에
경상북도에서 만든 「농촌진흥조합
지도장려 지침서」의 표지.

농사 다 지어 놓으면 전신에(전부) 공출대라 하지. 삼도 해놓으면 전신에
공출 대라 하지요. 전신에 다 뺏기고 있습니꺼. 그래가 맨날 공출 다 댔
부고.) 청도군 농회 같으마(같으면), 지금 농협이라. 농협 택이지(농협인
셈인지). 농협에서 목화 공출 잘했다고 이제 상으로 준거지. (할머니: 그
때 당시 목화는 가정마정 다 했지예.) 그걸 생계로 삼았는 기라. 부는 그
거라. 쌀 같은 거는 잘 안 냈거든. 농사 지어가 쌀 같은 거는 많이 안 내고
일꾼들, 머슴 데려 가지고 주로 목화 이걸로 [팔아서] 꽤 돈을 받는다 말
이다. 그걸 그래 큰 생계로 삼았는 기라. 집에서 목화농사를 많이 지었어
요. 그래 지어 가지고 많이 대 놓으니까 그래서 상을 준 거 아니가. 상도
일개 군에 도 사람(두세 명)밖에 못 타요. 근본 많이 [매생] 댔기 때문에
상 받은 거지. 그때 밭이 여러 수십 마지기 되었는데, 일본 사람들 목화
그게 큰 생계로 삼았는 기라. (할머니: 그래가 목화 저거 가실에 인자 안

찌니껴. 그래가 산에 가가 퍼놓으면, 하얗게 퍼 가지고 사람들 놉 해가 가가 거두어 옵니다. 그래가 거두어 온 걸로 우리 옷 해 입잖아요. 명주 같은 거는 꼬치(누에고치)로 갖고(가지고) 하고, 누에 먹여 가지고 하고. 저거는, 목화는 인제 면비에, 면비로 가지고 인자 바지도 해 입고, 머슴들 사철로 옷도 해주고 그랬어요.) 목화 저거를 야생에 있는 씨를 빼면 그걸 탄다 말이요. 타면 이래 가지고 꼬지를 말아가 옛날 사람들 물레 안 있나. 거 인자 물레 돌려 가지고 그걸 빼 가지고 그 실을 그걸 말이지. 이래 가지고 풀을 먹여 가지고, 비로(베를) 짜는데 사십 자가 한 필이라, 사십 자. 요새 이 자 말고, 옛날 구 자가 있단 말이요. 옛날 한 자가 이 정도 될 거라. (할머니: 예. 한 자가 이 정도 됩니다. 옛날에 자가 있지만은 우리는 이거 주단, 나는 이거 주단으로 많이 재잖아.) 부녀들 자가, 재는 거 안 있나, 옛날에 이거로 쟀단 말이다. 한 자가 삼십 센치 될 끼다. 이게 두 자 같으면 육십 센치, 딱 육십 센치 될 끼다. (할머니: 그래 그걸로 가지고 옷도 하고 뭐 이불도 하고 그랬지.)

카시메롱 나오면서 목화 솜이불 없어졌지

옛날에는 전부 저 목화 해 가지고 우리 학교 다닐 때, 검정 밤물 들여 가지고 그래 학생복 지어 입었다니께. 양복 옷에 다는

1938년(소화13년) 홍성두가 여섯 살 때, 부친이 청도군 농회에서 목화 수확을 많이 한 부상으로 받은 거울.

단추는 싸구라 단추. 여름되면 나온다 카이. 그걸 달아 가지고 학교 다니고. (할머니: 밤낮으로 주야로, 밤만 되면은 그 일 했다니까.) 그러다가 인제 이쪽으로(고모로) 와 가지고는 안 했지. (할머니: 청도 있을 때, 내가 클 때는 많이 했는데, 우리 시집와 가지고는 저거 별로 안 했어요. 면 저거, 우리 와 가지고 면 저거, 목화 숨갔어요(심었어요). 저 뒤에 밭에 목화를 숨갔는데, 그리 아아들 이불, 시집보내는 거 이불 솜 해 가지고 주니까, 그건 무겁다고 안 할라 카데예. 안 할라 캐 가지고 한 번은 집을 이걸 수리할라고 하니까, 다락 저거 없앨려고 하니까, 그걸 놔둘 때가 없더라까에(없더라니까요). 놔둘 때가 없어 가지고 그래 저 칠성시장 가가, 어데고 [아니] 저 서문시장, 거기가가 팔라카이 돈도 몇나(얼마) 안 주데예. 지금 말 하마 그걸 와 팔았노 안 카나. 그걸 놔두지 그 좋은 걸 와 팔았노 하는 기라. 그때는 어디 놔둘 때도 없제. 아이들도 이불 무겁다고 안 할라 카제. 이거 카시메롱[5] 나오니까, 이거 모두 가볍다고 할라 하고 안 할라 해 가지고 마 팔았다 카이. 파니까 돈도 얼마 안 되고 우리 집 수리할 때 면[이불] 그거 팔았다 카이. 아들하고 위에 [딸] 서이는(셋은) 해줬는데, 며느리 볼 때도 삼이부자리 받는 것도 우리는 면 저거로. 목화 저거로 했고. 우에 저거는 껍데기는 시장에 가가 사 가지고 그래 했다 카이. 그때는 옥양목 같은 거 사 가지고 했는데, 옛날에는 옥양목 같은 거 살려고 해도 돈도 너무 많고 마카(전부) 이불 호청도 전부 다 모두 면 저거로 했다 카이. 저거로 가지고 집에서 짜 가지고 그것도 솜씨 있는 사람은 그래 하고, 솜씨 없는 사람은 또 못하고 그렇지 뭐. 옛날에는 솜씨 있는 사람은 의복 같은 거 입고 나가마. 참 떨어진 옷 안 입는데, 그것도 길쌈도 잘할 줄 알아야 되지. 우리 청도 거기 고향에서도 [목화] 농사 많이 지었어요.)

대구서 양계장 하다 열여섯 살에 고향으로 다시 돌아왔어

어르신은 그때 열여덟 살 때인데 육이오 때 뭐하셨습니까?

내가요? 내가 그때는 대구에서 고향으로 다부(다시) 들왔거든. 해방되고 [대구에서 양부모와 함께] 양계장 하다가 남천면 원동으로 [이사] 갔어. 거기 누가 있었냐 하면, 내 제일 큰 고모가 남천면 원동에 거기 있었다니까? 거기 양어른 누님뻘 안 되나. 친누님이거든. 그 뒤로 거로(거기로) 이사를 갔어. 고향에 안 들어가고. 고향을 갈려고 해도 십 년이 넘으면 고향에 들어가도 안 좋다고 하는 기라. 그때 할아버지가 돌아가셨거든. [경산 남천면] 원동 가서 해방되었어. 그때 나이가 원동 가서 해방되었으니까… 내가 그때 몇 살 먹었냐 하면 열세 살 때 해방되었는데… 해방되고 열여섯 살 먹고 고향으로 다시 왔다 카이. 양부님하고 같이. 양부님이 그때 할머니도 계셨거든. [그때 원동에서 같이 살았던 분이 양부님의] 친매형이라 말이다. 친누님이고. 그래도 있어 보이 그래도 친형님 같지 않다 말이지. 그래서 고향생각이 나서 다시 고향으로 왔지. 고향에는 논이 한 마지기 있었어. 그래가 고향에 돌아와서 토지를 좀 샀어. 토지를 얼마나 샀냐 하면 두 마지기 반을 샀어요 삼백오 평하고 한 세 마지기 반 정도를 샀어. 전에 있는 한 마지기하고 네 마지기라. 대구에서 양계장 하면서 번 돈으로는 원동 가서 농지를 샀고, 원동에서 그리로(고향 덕암 마을로) 가면서 거기 농지 팔고 갔지. 어른이 살아 계실 때는, 부친 형제가 삼형제거든. 삼형제로서 작은 할매한테 났다 말이지. 중부님을. 그래 할부지가 참봉으로 계시고 그때 머슴을 두고 사셨어. 머슴이 두 명이라. 큰 머슴하고 중머슴하고 두 사람 데리고 농사를 지었다 하니까. 내가 인자 거기 고향에 가 보이 학교를 다닐 수도 없고. 그래가 거서 농사일을 배왔는 기라.

그럼 열여섯 살 때 고향에 가서 농사일을 배우신 거네요

그래 농사일을 배웠지. 근데 뭐 어른들 살아 계셨지만 연세도 많고 그랬고. 나는 공부도 못했다 하니까 그래서 내가 야학을 했어. 야학 하면서 공부를 했지. 당시에 동네 안에 야간학교가 있었어요. 그래 동네 안에 선생들이 있었고 마을 사람들이라. 그때 당시에는 학교 다니는 사람이 별로 없어서 야학을 많이 했었다니까. 전부 다 무식자 많았다 카이. 그래서 야학을 많이 했지. 그래 인제 열여섯 살 묵어(먹어서) 거(고향) 가 가지고 농사일 배우면서 야학을 했지. 야학은 한 삼 년 했지. 그러면서 학벌이 좀 늘었다니까. 거기서 주로 배운 거는 주로 한글이지. 그래 군대 가가 내가 실력이 많이 늘었지. 군대에서는 마 여유시간도 있고, 행정을 보고 있으니까 거기서 실력이 많이 늘었지. 그래가 군대생활 하면서 (한글 실력이) 많이 늘고 실제로 학교는 조부님 살아 계실 때는 구학하고 신학하고 신경을 많이 쓰셨는데, 할아버지가 일쩍 돌아가시고 환갑 진갑 다 지내고 돌아가시니까 자녀들 교육을 많이 시키지 못한 기….

생부나 조부님 글 써 놓은 거 좀 가지고 계십니까?

글쎄 병풍 같은 거 있었는데 오래되어서 없앴어. 책은 많이 있었다 카이. 많이 있었는데 쓸모가 없어서 없앴어. 청도에 사촌 형님 댁에도 없어요. 다 없애 뿌고. 할아버지 참봉 벼슬 받은 거 그건 있어. 그건 내 사촌 형님이 보관하고 있다고.

74세의 고령임에도 불구하고 아직도 현역 농사꾼으로서 능숙하게 경운기를 몰고 있는 홍성두(사진촬영 이태우).

2. 하이튼 군대는 요령이라

군에 안 가려고 좀 도망 다녔지

육이오 때는 어떻게 살았나요?

농사지었지 뭐. 거기는 뭐 직접 전장터가 아니라서 피난 갈 필요가 없었지. 그래도 인근에 창녕까지 인민군들이 왔어. 산에 올라가 보면 낮에는 전투하는 거 잘 안보이는데 저녁따배(저녁 무렵에) 보면 잘 보였어. 불빛이 번쩍번쩍하고 그랬어. 지금은 뭐 발달이 잘돼 가지고 뭐 그렇지만 그 당시에 육이오 때는 엉망진창이라 카이. 한 군자리서 확 밀려갔다가 또 밀려왔다가 신의주까지. 내 중형이 학도병으로 군대 갔거든. 그 당시 학교는 고등공민학교, 남천면까지 가서 거기서 하숙하고 있었다 아이가. 학도병, 의무병 일기와 학도병하고 [비교하면] 의무병 일기가 조금 빨랐어. 학도병은 연달아 갔어. 군번이 공일(01)로 나갔어. 그래가 군대 가가지고 신의주까지 북진해 올라갔는 기라. 오사단이 올라간 기라. 여하튼 일개 사단이 포로[가] 되어 가지고 마 무조건 동부전선을 북진해 올라갔는데 중부전선에는 도로로 연결되었는데, 미군은 중부전선을 차로 돌진하고 아군은 동부전선으로 산악지대로 올라갔는데, 이북에서 미군들이 도로망이 뚫려 가지고 마 미군들이 후퇴를 했는 기라. 육군들이 그대로 돌진하고 있는데 북한 일개 사단이 포위를 해 버리는 기라. 내 군대생활 할 적에 거 저 화천 수력발전소 있는데 거 가이끼네, 우리 거(거기서) 훈련 받으면서 도로에 걸어가면서 [보니깨 비석을 세워 놓았는 기라. 오사단 탈환했다고. 하여튼 아군들 많이 죽었어. 일개 사단이 포로가 되었으니까 말이제. 일개 사단이면 많잖아. 그래 뚫어 가지고 내려오다가 마 후퇴하다 내려오다 거 어디고 서울 뭐야 지금 우리 아이들 있는 데 거 와 가지고 산 능선에서 추럭이(트럭이) 넘어져 가지고 다친 사람들이 많이 있고, 거기서 우리 중형은 많이 안 다쳤는데, 허리 다쳤다고 이래가 육군병원으로 후송되었는데 여수 그까지 후송되었는 기라. 육군병원까지. 그때 후송되면 웬만하면 제대가 되는 기라. 그래 [중형님은] 거서(거기서) 제대한 기라. 그때 팔공산까지 왔지. 안강전투 하면서 말이지.

그때 집에서 피난 준비는 안 했습니까?

아 했죠. 보리 볶아서 보릿가루 만들고 땅굴 파고 그런 거. 자기 집 말고 옆으로 팠지. 만약에 폭격하면 숨을라고(숨으려고) 그랬는데 보리가루를 볶은 건 떠날 준비를 한 거지. 또 팔공산 뭐 대구에 포환이 날라오고 하니까 꼼짝 못하고 거서 인자 카고 있는데 인천상륙작전이 일어나…. 그리고 인제 뭐 내가 열아홉 살 먹어 가지고 영장이 나왔다니까. 만 십구 세라. 그래가 영장 나왔는데 안 가고 피했어 삼 년간을. 그때 순경들이 왔거든. 경찰이 잡으러 왔거든. [그러면] 없다 카고 피하고 그랬지. 멀리는 안 가고 동네 인근에 피해 있었어. 잡으러 온 사람들도 집에 들어와 있나 없나 보고 그랬어. 그때 삼촌이 동무(동네 일)를 보고 그래서 [기피하는 데 조금] 유리했지. 한 번은 우리 농지가 마을 입구에 있었는데 농사일을 하고 있었어. [그런데 갑자기] 순경이 나한테 와서 내 이름을 묻길래 내 중형 이름을 대었어. 그랬더니 순경이 [마을로] 올라가는 기라. 올라가는 걸 보고는 소 묶어 놔 놓고 산으로 도망을 갔는 기라. 그래 도망가서 생각해 보니 아~ 이거 틀릿는갑다. 그때 내가 결혼을 했어요. 그때 내 모친이 인동 장씨인데 순경도 인동 장씨라. 그래서 많이 봐줬지. 성이 동성이 돼 놔놓이. 서울에서도 순경이 잡으로 내려왔어. 거(장씨 성의 순경에게) 인제 도움을 많이 받았어. 그때 우리 동네에 나 말고도 군대 기피

한 사람이 좀 있었어. 붙들리 간 사람도 있고. 많이 없었지만 내하고 한 서너 명 됐어. 내하고 동갑인 사람이 기피하다가 붙들리 갔어. 내가 군대 가기 한 달 전이라. 그래 가만히 생각하니 아무래도 안 되겠어. 그래가 군대 가야겠어. 일주일에 한 번씩 오는데, 계속 오는데 [이제는 가야겠다 생각했어]. 그래서 내가 해군에 갈려고 입학원서(입대원서)를 내었는데 부산까지 가지를 못하는 기라. 그때는 열차에서도 검열을 하고 해서 부산까지 가지를 못해. 그래가 지원해가 가까(갈까) 하는 중에 한 날 동네에 있는데 순경이 온 거 같아. "주인 계세요" 하길래 그래 문을 여니까 [순경이 온 거지]. 그땐 갈라고 마음 먹고 있었으니까. 그래가 옷 좋은 거 안 입고 대충 옷 입고 갔어. 그래 주위에 인사할 시간도 없이 바로 징집돼 갔지. 경찰서 숙직실에 붙들리가(붙들려서) 바로 [군대로] 갔지. 청도경찰서 숙직실에 붙들려 있다가. 그래가 그날이 마침 청도시장날이라, 오일장인데. 가족들이 와서 보고 난리가 났어. 그래서 돈 써서 빼낼려고 했는데…. 내 사촌 형이 외동인데 군대 안 갈려고 저 포항까지 가서 빼 올 때도 말이지 논 한 마지기 팔아서 빼려고 애썼지. 그래도 결국은 육군은 안 가고 공군을 갔지.

그래도 가긴 갔네요. 그 당시 외동들은 군에 면제될 때 아닙니까?
그래 맞지. 그래도 끌려갔어. 육이오 때 자원이 모자라서 삼대 외동이라도 다 갔어요. 그래 갈려고 마음먹으니까 겁도 안 나고 마음도 놓이고 그랬어. 안사람한테 하이튼(하여튼) 가야 한다. 결혼할 때 내가 집사람한테 이야기를 했다니까. 영장 나와서 군대 가야 한다고. 갔다 와야만 한다. 지금 비전투니까(휴전되었으니까) 마음 놓고 갔다 올 수 있으니까 하면서 한 삼 년간 군생활해야 한다고 미리 이야기를 했어. 내 안사람은 하

강원도 철원에서 근무하던 당시 부대원들과 함께 찍은 사진. 부대 막사가
초가집으로 지어져 있는 것이 이채롭다. 뒷줄 맨 오른쪽이 홍성두.

여튼 당분간 [집에] 없지만 [군대] 갔다 오는 건 좋다 이거라. 그래야 마음
놓고 생활할 수 있고. 그날 내 처가로 연락이 되었지….내 처수가 [경찰
서로] 왔어. 와 여 와 있노? 언젠가는 가는 기고 일찍 갔다 오는 게 낫다고
하데. 제대로 인사도 못하고 집사람 잘 챙겨달라고 [부탁하고. 휴가 때
내려오게 하면서 갔어. 그래 들어가서 일 년 만에 휴가 나왔지. 그때는
전방에 있어서 빨리 못 나왔어. 그래 거기서(청도경찰서에서) 붙들리가
대구 여(여기) 방직공장에 집결했어. 그때 전시(전부) 도피해가 온 사람
들이라. 대구 방직공장이라 하면 지금 대구 본역(대구역) 있는데, 본역
곁이라(옆이라). 그래 거 근처라. 그때 전부 다 기피자라. 나(나이) 많은

사람도 있고 깡패도 있고. 그런데 군기를 잡는데 정렬시켜 놓고, 전부 딴 게 아니고 상이용사들이라. 한쪽 목발 짚고 팔다리 없는 그런 사람들. 그 사람들이 군기 잡는다고 막 새리 까는데(두들겨 패는데) 정신 없었어. 여 기서 일주일 있다가 부산 서면 보충대에 갔다고. 서면 보충대에 가니까 여는 마 꼼짝 못해. 부산 서면 보충대에 가가 [항상 삼인조로 [다녔어]. 도 망칠까 봐 싶어서 삼인조 명단 작성해 가지고 한 사람만 소변 보러 가고 싶어도 세 사람 다 가야 돼. 두 사람[은 그냥] 따라가야 돼. 그땐 뭐 촛불 이라. 전기도 없고. 그래가 거 가 놓으니 대구 군기는 일도 아니라. 거는 불구자 상이용사도 아닌데 까는데 마 엄청났어. 얼마나 패던지 그래가 한 일주일 있으니까 머리를 짜르더라고. 그래가 군번 타고, 거기서 한 삼 일 있다가 제주도 훈련소로 갔는데 엘에스티(LST)[6] 칠공팔이었어. 이 배 타고 천이백 명 정도가 갔어.

제주도 훈련소 시절, "배 고픈기 제일 힘들었지 뭐"

그런데 제주도 훈련소 들어가니까 천지로 동서남북을 모르겠어. 그래 서 제주도 훈련소 부두에 도착했는데 바다 근처에 하차를 시켜 주더라 고. 앞에 산이 알고 보이 모슬봉이라. 교육장은 삼박산이라. 삼박산. 그 게 산이 평평하이 억시(대단히) 넓었다고. 산 능선을 돌면서 삼십오 일간 끝나면 교육 끝나는 기라. 제주도 훈련소 훈련장이 어떠냐 하면 우리가 앉아서 훈련하는 데는 다 돌을 깔아서 돌 위에 앉아서 했다고. 삼박산 거 서(거기서) 삼십오 일간 [훈련] 받고 인수인계 받고 거서 사격 합격되는 사람만 그대로 보충대 대기하고, 불합격하는 사람은 또 교육을 더 받아 야 돼. 그래가 환자가 많이 발생했어. 눈병 환자가. 사격장 갔다 오면 눈만 빼꼼하고 입만 하얗고 시커머이 먼지가 마 그래서(많아서) 그렇지. 시커머이 그랬어. 저녁에 들어오면 씻을 물도 없고 바가스(양동이) 통에 떠가 씻도 못해. 타올 적셔서 닦고 일요일까지 목욕도 모하는 기라. 일요일 되면 세탁물 받아서 목욕하고, 세탁하고 그래했지. 기간사병이 인솔해 가지고. 그래가 교육을 마치고 근본 [눈병] 환자가 많이 발생하니까 제주도 훈련소를 옮깃다 카이. 그래서 옮긴 곳이 논산훈련소로 합했지. 그때 논산훈련소도 있었는데 제주도 훈련소에 간 거는 육이오 때 적군들이 침입해 오면 [논산훈련소는] 그거하거든(위험하거든). 그래가 제주도는 안심하고 훈련을 받을 수 있어서 만들었어. 제주도가 제일훈련소, 논산이 제이훈련소라. 그라고는 거 인제 [제주도 훈련소가] 공기가 안 좋아 놓으니까네 일훈련소 이훈련소가 합쳤어. 그 당시 힘들었던 거 생각해 보면 힘든 거는 군대는 밥은 뭐 주는 대로 먹었어. 그래도 배 고파가 못 견디겠는 기라. 빵 같은 거, 식빵 같은 거 먹고 돈 떨어지면 돈 보내라고 했고 그랬어. 식빵 헐은 거(싼 것) 양은 많고. 그래 해가 내가 분대장을 했다고. 우리 훈련병 내 내무반장 취사반장 취사병 보급계 거서 인자 소대장 같은 거 없고 내무반장이 소대장 택이라. 그리고 분대장, 저녁으로 보초, 막사 안에 인제 보초 서는 기라. 하여튼 배고픈 기 제일 힘들었지 뭐. [집에서] 잘 묵다가 [군대] 가서 하여튼 훈련병들은 새까맣게 애벼 가지고(말라 가지고) 형편없었어. 그때 훈련중에 배가 고파서 인근 밭 같은 데 가서 곡식을 훔쳐 먹기도 했어. 거는[제주도는] 마 벼농사는 없고 메밀하고 조하고 고구마하고 였는데, 고구마가 주로 많았는 기라. 보통 야간에 고구마밭 근처 가면 [훈련병들을] 풀어 놔 뿌는 기라. 기간 사병들이. 그래가 몇 개 뽑으면 생 거를 마 먹고 그랬어. 근데 나는 배를 크게 안 곯은 게 인제 부대 인근 부대에 경호사병이 고향 사람이라. 그래 군대생활하는 데 큰돈은 없지만 한 번씩 매점 들러서 [나도 같이] 데리고 가고 그랬지. 그리고 열차기관사 한 분이 내이가 굉장히 많은 사람이라. 대구 사람이라. 내가 분대장으로 있을 때 그분이 재산이 좀 있는 분이라. 그 사람 때문에 내가 배를 마이(많이) 안 곯았다 카이(안 굶었다니까). [배를] 채울 수 있었다고. 노상(매번) 자기 혼자 갈라 카이(가려고 하니) 뭐 하고 하니까 같이 가자고 해서 그래서 많이 먹었지. 그 사람 지금 살았으면 만나 가지고 인사도 하고 그래야 되는데, [그때 그 사람] 나이가 많았다 카이. 그 사람하고 연락이 끊긴 지 오래되었지. 제대하고 그 당시 주소도 대구인지만 알고 [자세히는] 몰라. 사람 참 좋은 사람이었는데…. 그래가 [훈련] 마치고 사단 배속 받았어. 그런데 [내가] 당시 외동 이대 독손이잖아. 양

부대원들과 함께 트럭 앞에서
찍은 사진. 왼쪽에서
두 번째가 홍성두.

자로 갔으니까. 외동이니까. [실제로] 족보에도 호족상에도 [양자로] 넘어가 있었지. 그래서 외동으로서 의가사 제대를 신청을 했는 기라. 의가사 제대 시킬려고 한 기라. 근데 그게 잘 안 돼. 그래서 만기 삼 년 근무했지.

결혼하자마자 새색시 두고 군에 들어갔지

할머니는 고향이 어디시지요?

(할머니: 네. 청도 저 매전면 덕산이라요. 우리는 재 넘는데, 곰태재(곰티재)라고. 고 너머에 옛날에 우리 고관들에 많이 살았다 카이. 지금은 다 나갔 부고 아이들(젊은이들) 없어요. 서울도 가 있고, 부산에도 있고 사람은 부산에 많이 있고, 저저 마산도 많이 가가 있고.) 성주 도씨라요. 성주, 대구 성주파가 성주 지천파 있고, 서재파 있고. 서재파가 공파라. 웃대에 거기 살다가 청도로 나온 지 얼마 안 됐어. 전부 이제 거도 젊은 사람 객지에 [모두] 다 나와 뿌고(나와 버리고).

어르신들 두 분이 결혼은 어떻게 했습니까? 중매로 했습니까?

중매. 그때는 연애가 있나. (할머니: 옛날 그때야 중매지에. 그때는 연애 같은 거는 어려웠어요. 그때야 선을 봤습니까, 가마 타고 시집갈 맨데 뭐. 중매쟁이가 있어 가지고, 중매쟁이가 인제 다리를 나아가 그래 했어요.) 그렇지. 중매쟁이가 있었어요. (할머니: 지금 내가 칠십하난 게.[7] 그래 결혼한 지 오십 년 아니가?) 내가 칠십셋이니, 오십 년 안 되었나. 그때, 신부들 가마 타고 시집갔다 카이. 가마 타고 가고 그랬다 카이. 옛날에는 그자? 신랑각시가 결혼하면, '신부리' 하는 게 있고 '해묵이' 하는 게 있었어. 신부리 하는 거는 사흘 만에 시집가고, '해묵이'는 일 년, 색시 친정에 일 년 있다가 시집온다 말이야. '신부리'는 삼 일 만에 시집오고. 신랑은 인자, 신부리를 하거나, 일 년 해를 묵이거나. 장개갔다는 거는 초행이 있고 재혼, 재행이 있다 말이다. 초행이 사흘 만에 처갓집 간다 카네. 재행을 마 한 달 있다가 가도 되고 그렇다 카이. 옛날에는 [결혼식] 전부 구식으로 했고, 그때는 예식장 같은 거 없고 사모관대 쓰고 뭐 그렇지. 사모관대 다 쓰고 시집은 쪽두리 쓰고 그래 했어. 그때는 사진도요. 찍는 사람이 좀 드물었어요. 카메라도 별로 없었어요. 나요? 나도 사진 안 찍었어요. 사진 안 찍었어. 사진사가 읍소재지, 군소재지에 사진관이 하나 있거든. 일부러 불러야 돼. 초대하면, 그때는 사진도 하여튼 비싸거든요. 찍는 사람도 별로 없고. 돈 많은 사람들 찍고 웬만한 사람들은 사진을 안 찍었어요. 인자 사진 찍은 거는 세월 좀 지나고 나서 사진 찍었지. 많이 찍었지. 시시한 거 내버려 버리고, 내 군대 갔을 때 그때 사진 많이 찍고 그랬어.

그때 우리는 금도 몬 받고 은 받았다

그때는 예물 같은 거는 어떻게 했습니까?

(할머니: 예물은 지금은 돈으로 하고 뭐.) 예물 있었지. 옛날에 그거 아니가. (할머니: 길쌈해 가지고, 명주 같은 거, 뭐 그런 거 가지고 어른 옷 하고 뭐 그랬지. 그게 예물이지. 그런 거지.) 그 외에는 그냥 명절 때. '시찬' 하는 거. 명절 때 시찬도 있지. (할머니: 옛날에는 그거는 시찬이라 하는 거는 해 믹히는(묵히는) 사람, 지금은 신부를 지날지날 그거 하지만은[8] 옛날에는 결혼해 가지고 석 달 만에 [시집으로] 안 가면은 일

년 해를 믹히 거든에(일 년 지나서 가거든요). 해 믹히면은 그 시찬이라는 게 있었거든요. 옛날에는 삼비 안 합니까? 삼 숨가 가지고 삼비 그거 해 가지고 인자 그래 가지고 옷 해 가지고 가고, 인자 고기도 생고기 뭐… 옛날에는 참 명태가 제일 좋았어.) 그 명태가 시찬에 제일 많았다. 명태. (할머니: 명태요. 그거 말라 놓은 거 한 축서(한 축씩) 사가 가면 그기 참 크고 그래. 시댁에 가지고 갈 때.) 시댁에 가지고 가면 또 가지고 가고 서로 주고받고 했단 말이다. 그래 받으면 시댁에서도 신부 집에 매한가지로 했어. 그걸 시찬이라 했어. (할머니: 예. 옛날에 시찬이라고 했어요.) 신부집에서 길쌈, 명주옷 이래 해 가면, 신랑집에서도 신부집에 예단을 보냈어. 그때 예단, 뭐, 그때는 예단 크게 없었다. 예단이 크게 있나 뭐. 주로 반지, 결혼반지. 뭐. 잘해야 금반지고, 시계고. (할머니: 그때 우리는 금도 뭐 몬 받고 은 받았다. 허허허. 그때는 이불도 솜이불 해 가지고 가고 그랬지.) 옛날에 부인네들 참 애먹었어요. 남자들도 물론 농사지으면서 힘들었지만은 옛날 노인, 저저저 부인네들은 길쌈하는데 참 힘들었어요. (할머니: 길쌈할 때 어떤 게 힘이 들었냐 하면 부인네들 옛날에 방아도 찧어야 되지예. 어떤 적에는 참 밤으로 방아 찧고 길쌈도 밤으로 하고 어데 그때는 잠이나 올케(제대로) 잤습니까? 물도 지금은 샘이도(우물도) 에(가까이) 있고 하지만은 옛날에는 저 공동 샘 안 있습니까? 그걸 여 다가 정지에(부엌에) 큰 통이 있잖아요? 큰 거(물항아리) 있는데, 그거 한 동씩 채워 놔야지. 밥도 해 먹고 채소도 씻어 먹지요. 일부러 샘에 가 가지고 씻을라 카면 더 더디고 그리 농사짓고, 길쌈하고 방아 찧고 그기 힘든 거지.) 그때 부인네들이 밥도 해 먹을라 카면 보리쌀도 끓여가지고 뭐. 보리쌀을 낄여야(끓여야) 밥을 하거든. 보리쌀로. 그… 하여튼 말할 수 없어요. (할머니: 새벽에 또 보리쌀 미리 담가 놨다가 불 때 가지고, 나무나 좋습니까? 지금은 나무나 좋지만은 옛날에는 나무나 좋나. 안 그라면은 보릿짚 때가 그래 밥하고 보리쌀 낄여(끓여) 가지고 밥하고 그랬잖아요. 없는 사람은 그래 밥을, 보쌀을 지낟, 지낟 끓이잖아요. 아침에 낄여 가지고 아침에 해가 먹고 저녁에 해가 저녁에 먹지. 있는 사람은 또 안 그렇습니다. 보쌀 아침에 한 쏘구리(소쿠리) 끓여 놓았다가 저녁도 해 먹고 점심도 해 먹고 하는데, 없는 사람은 쌀은 없고 전[부] 보쌀만(보리쌀만) 삶으니까네. 있는 사람은 거기다가 쌀을 얹으니까네, 보릿쌀을 넣어도 밥이 안 껍잖아요. 그런데 없는 사람은 전 보리밥만 하마, 밥이 씨커멓습니다. 그래가 지때지때 그래 밥을 했다 카이. 그래가 여자들 힘들었지요. 지금은 양철 다라이가 있지만, 양철 개가분 거(가벼운 것) 있지요? 옛날에는 무거운 사기 독(항아리) 아닌교. 장독 뚜껑 같은 거. 그거로 가지고 보쌀도 그거로 썻어가 되고 물도 그걸로 여야 되고.] 하여튼 부인네들 힘들었어요. 말할 수 없어요. 부인네들… 남자들은 보통 힘으로 하지만은 부인네들은 말할 수 없는 기라요. (할머니: 방아도… 방아 찧는 것도 아아들도 쪼매 크고는 뒤에 청도 기계 방아에 가서 찧어 오지만은, 옛날에 우리 쪼매끔 할 때(어렸을 때)는 전부 디딜방아 찧었어요. 보리에 물로 줘 가지고, 찧어 가지고, 또 말라 가지고, 또 진흙에 빼기고, 그래가 인자 심이 지다꿈 하잖아요.[9] 그래도 그 밥이 맛있다 카이 허허 허. 지금 아아들 그래 먹어라 해 놓았으면, 막 위장 아프다고 안 먹을라 할끼다. 웃음) 여자들 하이튼 힘들었어요. 옛날에는 사실 그렇잖아요.

그러면 할머니는 시어머니 모시고 시집살이는 좀 하셨습니까?

(할머니: 우리는 양으로(양자로) 와 가지고예. 시어른도 안 모셨고. 시

조모, 조모 계시데 예. 시조모… 한 몇 년이고, 한 근 십 년 되었나. 그래 같이 모셨어요. 큰애기, 큰애기 한 서너 살, 너덧 살 먹어 가지고 세상 버렸는데(돌아가셨는데), 몇 년 안 그거 했어요(모시지 않았어요). 시조모님이 그래 손녀, 증손 봐 놓으니까네 증손 그거 귀엽다꼬 막 그래 사터니만(하시더니만), 고거 한 서너 살 먹어가 세상 버렸지 싶어요. 큰아아가 지금 나이가 사십 일곱인데, 가(큰애) 낳을 때 좋아 했어요. 허허허. 그때는 사는 게 힘들어 가지고 기억나는 거 없어예. 사는 거야 그때야 뭐….)

그저 거울같이 얼렁 보고 또 히졌는 기라예

(할머니: 우리 영감님 참 이야기를 할라면, 다 못합니더. 우리 영감님 내 시집와 가지고예 한 달 안 돼가 군대 가 뿟다 카이. 기피자로 그때. 스물서이에 결혼해 가지고 한 달 안 되어 가지고 군에 갔다 카이요. 군에 가 가지고 인자 봄에 결혼해 가지고 봄에 갔는데, 가실에(가을에) 나락 빌라 카는데(벼베기하려는데), 제주도서 면회 오라고. 제주도서 나온다고 배로 나온다고 그래 통기가(연락이) 왔는가 봐요. 그때는 우리가 클 때는 십 리 길도 모르고 컸거든요. 우리는 청도 거기 있어도 청도읍이라고는 몰랐습니다. 그래 시집와 가지고 인자 생전 처음으로 청도역에 나갔다 카이요. 처음으로. 그때는 시어른이 따로 있었거든요, 큰집에. 그래 가꼬 인자, 고 밑에 사람 인자 면회 간다고 그래 인자 역에 가 갖고 만났다 카이. 역에 가가 만나 가지고 그때는 저녁에 열차 완행 타 놓으니까네, 어디가 어디인지. 생전에 안 가본 데고 전신에 전기불이지요. 그래 가지고 인자, 밑에 친한 사람 만나 가지고 그래 어디 가는교 하니까, 아들 면회 간다 하는 기라. 하이고 우리도 면회 가는데, 하이고 그러면 같이 갑시

더. 그래 인자 같이 갔다 카이. 같이 가가 부산 떡 떨어져 놓으니까네, 부산 어디가는교. 갈 데가 어디 있습니꺼. 그래가 신암에 아저씨라는 그분이 노인이더만은 그래 그분이 인자 조카라카던가 부산에 있다 하면서 거기 자러 가자 하데요. 그래가 생전 처음으로 거기 따라갔다. 따라가서 자고, 아침에 인자 그 집에서 아침 얻어먹고. 우리는 인자 밥을 며칠 먹을 밥을 싸가 갔다 카이. 싸가 가가 거기 가가 밥 내놓으니까네 낮에 가지고 가가 먹으라 하미(하면서) 밥을 그 집에서 안 받더구만. 그래 가지고 인자 밥 가지고 동래, 동래온천예, 그전에 거기에 보충대가 있대예.) 서면 보충대다. (할머니: 서면이가.) 부산 서면 보충대. (할머니: 그래 가지고 거게 군인들이 나와 가지고 인자 막 저 역에서 전차 타고, 전철이 어떻던 동(어떤 건지) 그것도 모르고, 전철 타고 그래 갖고 얼매나 걸어 나와 가지고 그래가 갔다 카이. 그래 그 부대에 가 가지고 사람이 빽빽한데, 어데가 천지 사람을 모르겠습디다. 그래가 거기 한 달을 있었나. 한 달 있었나. 석 달 있었네.) 한 달이라. (할머니: 9월달, 시월달. 동짓달, 동짓달 열하루날 안 나왔는기요? 그때 작은집에 숙모 제삿날이라고 나왔는데, 그래 석 달 있었다. 석 달. 석 달을 있으미더러(있으면서) 우리 시어른은 인자 부산 거기 계시고, 나는 다른 사람 올라올 때, 같이 따라 집에 왔잖아요. 집에 왔다가 또 가고 또 와 가지고 있으니까네, 또 온다고 배 나온다고 오라고 또 소문 듣고 또 내려갔다. 내려간 게로 또 안 오고 그래 가지고 올 입새에는(나올 무렵에는) 우리 시어른도 외가집이 여기 있거든요. 우리 시외가집이 여기 있거든. 시갓집이 잔치한다고 여기 왔부고. 나도 집에 왔부고. 그래 다른 사람이 부산에 나왔다고 연락이 왔데요. 연락이 와서 저녁에 또 안 갔습니까? 그래 가 가지고 보니까네, 우리 영감님은

부인 도분남의 결혼 초기 사진. 1956년 남편이 군복무중일 때 청도 매전면 덕산리 친정집 잔치에 다니러 갔다가 가까운 친척 여동생들과 함께 찍었다. 맨 오른쪽이 도분남.

결혼한 지 한 달도 안 돼 놓으니까네 얼굴도 모르겠고요. 모자를 써 놓으니까 누가 누군지 하나도 모르겠어요. 그래 가지고 그 사람들, 같이 내려온 그 사람은 하마(벌써) 알라도(아기도) 낳고 뭐시 나이도 많았다 카이. 그래 가지고 인자 하이고 집에, 신랑캉 저녁에 자라, 자고 오너라 여관방에서 그랬는데, "아니 나는 갈란다. 내 올라간다" 허허허. 그 사람들은 올라오고 나도 올라오고 뭐 올라왔 뿌다 카이. 신랑 얼굴도 못 보고. 그래 가지고 얼굴이 어떻던동. 그래가 올라와 가지고 또 저녁에 와 놓으니까네, 인자 작은집에 사촌 시숙이 있데. 저기 다녔거든 공군에. 대구 여기 있었거든. 동촌 여기. 그래 내가 올라오니까, "그래 면회 갔다 하더니 왜 벌써 옵니까? 그래 갔다 안 왔습니까?" 그래 '내일 새벽에 몇 시 차로 올라간다 합디다' 그라이 사촌 시숙이 그러면 내일 아침에 갑시다 해. 그래 가지고 또 아침에 또 안 갔습니까? 그때 작은집 시숙하고 동서하고 우리 위에 동서하고 또 시숙하고 그래 다섯이 안 갔습니까? 다섯이 가 가지고 그래가 청도역에 가니까, 새벽에 목차로(화물열차로) 올라갔다 카던가. 그래 가지고 면회할려고 아침에 또 올라갔어요. 통근차로 올라왔나?) 통근차로. (할머니: 통근차로 올라와 가지고 대구역에 안 갔습니까. 대구역에 가니까, 차가 서가 있데요. 그래 서 가지고 있는데, 그래서 거기서 만나고 돈 좀 주고, 우리는 바로 만촌으로 외가집을 돌아가 이리로(청도로) 왔어예. 그래가 거서 잠시 보고 그래가 얼굴이 어떻던동 모르겠어요. 그르이 그때 대구역에서 잠시 본 게 결혼하고 일 년 되었지예. 팔 개월 만에 나왔으니까. 제주도에서.) 허허허. (할머니: 그래 만났어요.) 훈련을 제주도에서 받았어요. 받고, 팔 개월 만에 나왔다 카이. 제주도에서. 거서 오래 있었던 거는 우리가 훈련은 크게 안 받았는데, 제주도 훈련소로 이동을 했거든. 제주도 훈련소에 안과 환자가 너무 많이 발생해 가지고, 그래가 제주도 훈련소도 인자 논산훈련소로 합쳐다 카이. 합하면서 그래 작업을 인자 이동하는 거 군수품 작업을 우리가 계속했다 카이. 그렇기 때문에 우리가 작업을 하는 바람에 못 나왔다 카이. 제주도 훈련소 본부에 전부 군수품 우리가 다 손수로 부두에 차에 실어가 부두에 가가 가(가지고 가서) 부두에서 인자 배로 싣고 육지로 가지고 나왔거든. 논산훈련소로 한데 합하면서…. 그래 우리가 제일 마지막에 작업 끝내고 나와서 시간이 그래 오래 걸렸어요. 그래가 여 청도 와 가지고 부산 보충대에서 사촌을 만냈단 께로. 사촌 형님이 공군에 있을 때 잠깐 만났지. 그때 내가 물었거든. 언제쯤 우리가 가노 물으니까, 오늘 저녁에 올라간다 해. 오늘 저녁에 몇 시 돼 가지고. 낮으로는 절대로 이동 안 하거든. 군인은 야간으로 이동을 하는데, 저녁 차로 올라간다 이거라. 저녁 차로 올라가는데 어디 가노 내가 물었다 이거라. 서울까지 간다 이거라. 서울 의정부 보충대까지 간다 이거라. 그래가 내가 사촌한테 했거든. 저

녁 차로 오늘 출발한다고 말이야. 출발하니까 그래 알아라고 캐 놓고 청
도 오니까 밤중이데, 캄캄하데 마. 목차다 보니까, 화물차다 보니까 창문
도 없다 말이야. 내다볼 수도 없고 한 칸에 보초를, 무기 휴대해 가지고
보초 한 사람씩 있다 말이다. 그래 인자 고모역에 인자 섰는데 날이 새는
기라. 날이 밝으니까 문틈으로 내다보니까 고모역이라. 끝에 말번초 설
때거든. 그때 편지 한 장 썼다니까네. 네시에 고모역에 도착을 했는데,
대구 가면은 대구 그때 동대구역 없었거든. 대구역에 몇 시 도착인데, 아
침식사를 거기서 할 기라. 그래 청도서, 청도집에서 누구 오거든 연락해
도 이랬는 기라. 연락을 하라 했거든. (할머니: 그때는 전화가 있었는교.
편지로밖에 연락을 못하잖아요.) 편지를 한 장 날렸는데, 그걸 받았는지,
안 받았는지는 나는 몰랐어요. 대구 와 가지고 인자 그래 보초 입회하에
문을 딱 띠데, 내다보니까 대구 완행열차가 오는 기라. 올라오는 걸 내다
보고 있은 게로 문을 열어놓아도 못 내려오는 기라. 그래 내리는 거 보니
까 식구들 와 가지고 내리데. 그래가 면회 왔다 카이. 그래가 내려오라고
하데, 면회 온 사람만 내려라. 그러나 딴데는 못 간다. 이 자리에서 면회
해라 카는 기라. 그래 고자리에서 면회하고 음식 같은 거 가지고 온 거
[동료들에게] 다 돌리고. (할머니: 그때 면회할 때 바로 우에 동서, 큰동서
하고, 그리고 사촌 동서하고, 사촌시숙하고, 그리고 우에 형하고 다섯이
서 면회 갔어요.) 그래 가지고 인자 대구역에서 잠깐 면회했지. 그때 면
회 시간이 몇 시간도 없어. (할머니: 몇 시간도 아니라요. 그저 서 가지고
잠깐….) 주는 게 주먹밥이라. 그래 이야기하고 잠깐 손 씻고 밥 먹고, 그
저 만나가 이야기 좀 하고. 한 삼십분도 안 돼. (할머니: 삼십분도 안 돼
요.) 삼십분도 면회 안 시켜줘. 딱 한 십오분 정도. (할머니: 그저 거울같

이 얼렁(얼른) 보고 우리는 우리대로 오고 그랬어. 결혼해 가지고 여덟 달 만에 대구역에서, 그것도 잠시 본 게, 한 이십 분 정도 보고 또 히졌는 기라예(헤어졌어요).)

아이구 그래 할머니 마음이 어땠어요? 신랑 그래 보고 올 때는?

(할머니: 그때는 마음이 어떤고 그것도 모르고예. 아직까지 그때 나이가 스물하나거든. 우리는 그런 것도 모르겠고… 허허허.)

군인 한 명 올라가는데 신랑인 줄도 몰랐어요

(할머니: 그래가(그래서) 첫 휴가 올 때는, 그날 또 우리가 지사(제사)라 칠월달에. 그래가 지사 음식 장만는다고 정구지(부추) 씻으러 간다고 샘에 가니까네 군인이 한 명 올라가는데, 그때 신랑인 줄 모르고요. 허허허. 신랑인 줄도 모르고 그냥 군인인 줄 알고 허허. 그냥 우리 집이 억시 만드랑 집이거든요(제일 꼭대기 집이거든요)? 그래가 이 울로(위로) 가마, 질도(길도), 집도 없는데, 어떤 사람이 군인이 저래 올라가는고… 싶어가 샘에 가가 정구지 씻어가, 지사한다고 채소 씻어가 인자 집에 들어가니까, 뜩(신랑이) 와가 있잖아요. 그래, 허허허.) 그때가 첫 휴가, 일차 휴가인데, 일차 휴가도 나는 빨리 온 셈이라. 그 당시에는 휴가 신병들 일 년 안 되면은 안 보내줬거든. 내가 배속 받을 때가, 부산 서면에서 크리스마스 딱 지나고 디게(몹시) 추웠거든. 크리스마스 딱 지나고 배속 받아가 올라갔거든. 그래가 의정부 보충대에 가 갖고 이사단에 편성되었거든. 이사단가가 십칠연대 일대대 본부중대에 완전히 배치되었는데, 그래가 휴가를 내가 어떻게 갈 수 있었노 하마. 내가 이대 독자거든. 내가 양자

로 갔으니까, 선부가 독자라. 내가 독신되었잖아. 이대 독신이라 말이다. 이대 독신인데 의가사 제대할라고 신청을 집에서 했는 기라. 신청을 했는데, 발령이 되나 안 되나 하는 순간에 발령이 그때 안 되었다니까네. 그때 내가 보급계에 있었거든. 일이삼사과 다 봤다 카이. 발령 신청을 얻어 놓고 그래가 인사계가 재복무잔데, 인사계가 굉장히 사람이 좋다칸께로. 상대한테 인정해 주고 좋은 사람이라. 나도 인사계한테 잘 대해 주고 이랬거든. 그래 홍상병, 그때 상병 계급장 달았다 카이. 집에 가고 싶나 이러는 기라. 결혼하고 한 달도 안 되고 왔는데, 물론 가고 싶은 거는 물론이지요. 그래가 내가 중대장한테 한 번 상청해 보께. 중대장한테 상청해도 일과 보급관한테 인자 상청을 해야 돼. 일과에서 전부 휴가 특명 내고 했는데, 상청을 올렸어. 그래가 각과 주임들은 인사계라고 하면은 잘 통하거든. 그래 인사계가 한 달, 결혼한 지 한 달 안 돼가 군대 왔는데, 요번에 휴가 상청 내놨다 하는 기라. 그때 휴가 십오일 간이었거든 그래가 휴가증 딱 받았단 말이다. 그래가 연대장한테 가가 신고하고 그래 인자 올라 하는데, 상황이 풀려 가지고 휴가, 외출, 외박 중지라 하는 거라. 야, 이거 큰일났다 싶은 기라. 이슬비는 실실 오고. 그래가 우리 대대 일과 서무계가 연대 일과 파견나와 있다는 기라. 파견이 항상 나와 있거든. 그 사람 생각이 우야다가 났는 기라. 아, 고태용인데, 이름이… 고태용이가 파견나와 있는데, 함(한 번) 찾아가 보까 생각이 났는 기라. 내 생각이 대반(대번) 그래 드는 기라. 그래가 갔다니까네. 가이 마침 만났는 기라. 그래 우애되노 말이야. [몰으니까 휴가는 중지된다 이거라. 그런데 니 꼭 가고 싶나 그러는 기라. 그래 가고 싶다. 우에 좀 해주겠나 하니까, 해 주께 하는 기라. 그래 인자 휴가증, 그때 휴가증이 결혼 휴가증을 주는 기

라. 결혼 휴가는 특별휴가라. 휴가는 지 마음대로 하는 기라. 일과가 인사계 아닌교. 인사과 지 마음대로거든. 연대 인사계 딱 해가 휴가중 딱 꺼내 주데, 갔다 와라. 그리 차에 타고 나왔다니까네. 춘천까지 나오는데, 나오는 도중에 헌병대가 한 두어 군데 거쳐야 한다 카이. 헌병대는 일차 휴가 딱 중지된 거 안다 말이다. 막고 있다 말이지. 이사단, 이사단 휴가 중진데 우에 나왔나 싶어가 휴가중 보자고 하는 기라. 허허 결혼중이니까 가라 하데. 그래 통과했지. 두 군데 그래가 무사히 통과해 나왔어요. 그게 보름 휴가, 십오일 휴가라. 나는 그때 처음에 군대생활도 하기 싫고 그랬는데, 실제 거기 가 놓으니까네 자연히 인자 전우들하고 말이야 친절도 베풀고… 내가 또 말이야 보급계에 있으니까네 뭐 잘먹고, 이거 또 본부중대 분위기도 좋고 행정관들은 전부 행정병이거든. 본부중대는 일과, 이과, 삼과, 사과 본부중대, 탄약소대 전부 행정소속이거든. 그러니까 전부 각각 선임하사들 하고 자주 대화를 하고 그러니까 심심하지는 않았다니까, 시간도 잘 가고. 그리 군대 있는 동안, 한 삼 년 있었다 카이. 삼십일 개월 만에 제대했지. 내가 군대에 있을 때 휴가 나오면 서울 용산에 와서 [차를] 타거든. 신탄리에서 열차 타면 서울 용산역으로 와. 그래 또 군용(열차) 탄다니까. 서울 용산에 와 탈 때는 해가 좀 있다니까네. 그래가 뭐 근데 거서 타면은 청도 도착이 [그 다음 날 오전] 한 열시 그만큼 시간이 오래 걸린다니까. 밤새도록 내려와가 아침에 동대구 오면 먼동이 튼다. 청도까지 가면 환하지. 군용열차은 올라갈 때도 저녁에 타고 내려올 때도 저녁에 타고 군용이 그제 야간통행한다니까네. 그래가 서울에 내리면 부대에 들어가는 버스 타고 부대에 들어간다니까. 열차 타고 말이지. 신탄리 철원까지 용산역에서 열차 타고 들어갔고, 거

인자 일동에 있을 때는 버스로 들어갔다 하니까. 거기서 휴가 나오기 정말 힘들다.

잘나갔던 군대 시절

결혼해서 갔으니까 보고 싶어서 내려오고 싶은 생각이 많았겠네요?

보고싶고 그런 거 없어. 그냥 삼 년 동안 건강하게 군생활 일단 마치고 신경을 안 써야 한다 그랬다. 처음에 [군에] 갔을 때 배가 굉장히 고팠거든. 한 이십 일 있으니까 몸이 좀 돌아오데. 그러이 인자 몸이 좀 돌아오는 기라. 밥은 충분히 퍼먹는데 쌀이 많이 남아돌거든. 육합(홉) 밥이라 쌀이 네 합(홉), 보리쌀이 두 합이라. 한 이십 명이 밥을 큰 솥에 하거든 반도 못 먹었어.

군대생활은 어땠습니까?

군대 가 가지고, 내가 나이 먹어 가지고 갔는데 군번은 일공공공육삼일오번. 천원짜리라 했거든 제대줄은 이자 잃어묻다 카이. 가지 다니다가 잃어버렸다니까 지갑 속에 넣어 놓았다가…. 군생활은 강원도 전방에서 했는데, 처음에는 배속받을 때는 어디로 갔나 하면은 의정부 보충대 거쳐 가지고 저 일동, 포천 일동에 갔지. 거기에 빠져가 그 다음에 철원, 철원도 제일선, 백암산 최고 전방에 갔다. 그때가 천구백오십오년 스물세 살 때라. 내가 군대 한 이 년 기피했잖아. 그래가 군에 좀 늦게 들어갔어. 스물서이에 들어갔다니까 제이훈련소 나와가. 그래가 그 포천 일동 그리 인자 배속받아 가지고 이사단 일대대 본부중대 가 가지고 근무하다가, 한 일 년 되어 가지고 상병 계급장 달아 가지고 공급계 있었다 카

이. 군수품 일이삼사종 다 갔는데, 거기서 만 삼십일개월 만에 만기 제대
했잖아. 내가 군대 가 가지고 크게 실력은 없어도 내가 성격이 한다 하면
결과를 봐야 한다는 결심이 있다 카니까. 처음에 인자 일대대 본부중대
탄약소대 거 인자 근무병이라. 탄약병 탄약을 넣는 그 소대에 근무를 했
는데 거기서 한 팔개월 동안 근무했지. [그때] 본부중대 공급계가 제대를
해 나가게 됐는데 인수받을 사람이 없거든. 중대장이 구혁채 대위인데.
그런데 본부중대 사병이 인수를 받아야 되거든. 자기 생각에 내 아니고
는 할 사람이 없었나 봐. 본부중대 본부는 서무계, 보급계, 병기계. 그래
인제 내가 편지를 자주 썼다 카니까. 집으로, 처가로, 친구한테로. 그래
서 한날 중대장이 날 오라 하더니 학교 어디까지 나왔냐고 묻데. 무학이
라고 했지 무학이라고. 학교 다니다가 중퇴했다 했지. 삼 년간 다니다
와 중퇴했노 묻더라고. 어른이 인자 거주지를 옮겼기 때문에 결국 그 주
소지에 가서 입학을 못했다고 했어. 형편이 안 좋아서. 그래가 인제 이야
기를 하니까 생각하더니, 지금 보급계 인수를 받아서 해야겠다 그러더라
고. 검열 한 번 있으니까 난리라. 검열 때면 작업 빼고 나간다니까. 옷 같
은 거 재고 말이야. 우리는 많이 해봤거든 본부중대가 부족수 때문에 엉
망진창이라 못하겠다. 결국 못한다 했거든. 그러다가 한 대 맞았어. 사실
나는 의가사 제대 신청해 놨는 거 특명이 내려올까 봐 싶어서 그것도 좀
기다렸지. 그래가 그것도 되도(되지도) 안 하고 내 선배 한 사람이 경산
사람이라. 경산 압량 사람이라 박ㅇㅇ이라고. 그 사람은 일본 갔다 와서
간도 크고 말이지. 그래가 그거 안 했나. 그래가 암만 케도 안 되겠어. 이
러나 저러나 그냥 [공급계] 한다 캤지. 한다 했는데 하겠다고 인수받아서
인수절차 알아보고 하겠다 캤어. 그래 보급관한테 갔다니까. 윤기정 중

위라고 대구 남산동 사람이라. 그래 가 가지고 내가 인수받을 형편이 되었는데 내가 어려서 힘들어서 못하겠는데 인수받는 절차를 어떤 식으로 받아야 되나? 보급관한테 질문을 했다 카이. [그러니까 윤중위가] 가르쳐 주데. 연대 사업과에 이종 보급계한테 가서 장부 숫자 파악하고, 본부중대[에서] 취급했던 장부 숫재하고 맞나 안 맞나[를] 지금 대대 장부하고 맞춰 보라는 거라. 차이[가] 있나 없나. 그래 연대 갈라 카면 [연대개] 철원에 있어서 갈려면 걸어서 못 가요. 주로 보급차에 오후 해 떨어질 때 가는데 그 차로 갔거든. 그래 가가 사업과 이종 보급계를 찾아갔어. 우예 왔습니까 묻더라고. 그러니까 인수관계 장부 때문이라고 했지. 그때 사꽈(4과) 선임하사가 이 사람이 지금 대대 본부중대에서 왔는데 업무 다 보고 갈려면 늦으니까 자고 가는 기라. 선임하사가 그래 시키더라고

연대 4과 공급계로 보직을 맡고 있었을 무렵 사진. 가운데 있는 예○○(본부중대 탄약소대), 오른쪽에 있는 김○○(통신대) 동료와 함께 찍은 사진. 왼쪽이 홍성두.

야식 먹어 가면서 잘해 주더라고. 내일 아침에도 식사하고 가라고 카더라고. 돌아갈 때는 그 이튿날 자고 매점 있다가 술 한 잔 하고 가라 카데. 그런데 이튿날 우리 부대로 돌아와야 하는데 걸어오는 길도 잘 몰랐어. 그래 약도를 그려 주데 선임하사가. 그래가 술 한 잔 먹고 신나데. 그때가 그리 춥지도 안 하고. 그때가 가을쯤이다. 그래가 걸어왔다 카이. 그때 인사계가 재복무자라. 인사계는 뭐 보도 안 하고 싸인해가 주데. 그래가 인수 받았어요. 그래가 겨울이 오니까 그 사람(박○○)은 제대해가 안 나오고. 그래가 인제 거 십오 개 동계품목 외투 버너 등 검열을 받게 되었는 기라. 그때 미팔군 검열은 미군들도 오고, 사단 병참대에서도 오고 했지. 그래 말이 좀 빠져 버렸다. 장부 정리하는데 대대랑 [장부 내용이] 천지 차이라. 머리가 아파. [왜냐하면] 연대 꺼는 [품목 숫자가] 억수로 많고, 대대 꺼는 [품목 숫자가] 마 확 줄아 뿌리고 [서로 숫자가 안 맞잖아]. 그래가, 각 중대에 보급계에, 네 개 중대하고 본부중대하고 그래 고 세워 놓고 분실이 많으면은 보급관이 지장 있다 말이야. 대대장도 그렇고, 중대장도 그렇고, 그래 모아 놓고 각 중대는 분실이 별로 없어. 본부 중대는 엉망진창이라.

하이튼 군대는 요령이라

그때 모포, 침낭, 동내의, 작업복, 군화, 외투 세 개 품목이 다 동계 피복이라. 그래가 보급관이 동내의 제일 걱정을 하는 기라. 나는 경험도 없지. 그래가 수검표 작성을 하는데, 각 중대 보급계들 대대 네 과에 불러 놓고 보급관 입회하에 수검표 작성했다 카이. 밤새도록 잠 안 자고 했다 카이. 이게 망실로 넣어야 된다 말이야. 각 중대는 외출, 휴가 응? 이런 거는 이내 된다 말이야. 그런데, 본부중대는 뭐. 그래가 냉중에 어떻게 되던 간에, 전투 망실을 넣었는 기라. 그래가 중대장이 마 수검표 세 통 작성하거든. 세 통 작성해 가지고 중대장 일부 줘야 되고, 일부는 내가 가져야 되고, 일부는 검열관 줘야 되고. 세 통 작성 해가. 중대장이 턱 보더니마, 망실했는 걸 보더니만, 이걸 우얄라 카노 말이야. 우야고 말고 모자라는 걸 어쩌는데, 그래가 전투 망실로 이유로 달아 가지고, 전투 망실로 넣었거든. 그래 가지고 중대장이 하여튼 중대장이 걱정을 엄청 하는 기라. 자기는 휴가 다 갔으니. 나는 쫄병은 크게 상관이 없는데, 나도 걱정이라. 그래가 한 십오일 있으니까네. 연대 사꽈(4과)에서 전화가 왔어. 들어오라고. 각 중대 보급관들, 거기는 어디 있을 때고 하면은 철원에 있을 때라 말이다. 철원 있을 때는 연대까지 못 걸어가요. 한 사십 리 길 되는 길인데, 보급차가 온다 말이다. 우리 보급차가 오면은 보급차 하차시켜 놓고 보급차 타고 안 들어가나. 보급차 타고 들어갔어. 전부 수검표 작성해 가지고. 그런데 연대 사꽈 이종계가 말이야 야! 본부중대 보급계 한턱 내라! 이거라. 왜요? 하니까 전부 삭제 인가 내려왔다는 기라. 사단 병기창에서 인가 내려왔는데 전부 삭제시켜 주는 기라. 삭제시켜 주는 대신 부정수는 전부 반납해야 한다 말이지. 부대 와 가지고 인사계가 딱 보디만 이야 이거 괜찮을까 하는 기라. 응. 뒤에 이거 무슨 문제없나 이거라. 인가 내려왔는데 뭐 무슨 문제 있겠나 하고. 중대장 결정이 나서, 인사계가 결제판 가지고 갔단 말이야. 보더니만 반갑긴 반가운데, 뒤에 무슨 문제 있을 것 같아 가지고 걱정하는 기라. 그래 가지고…. 그래 한 일주일 있으니까 중대장이 그때는 마음 놓았 부고 있는 기라. 끝나고 하이튼(하여튼) 군대는 요령이라. 그래 가지고 내가 일이삼사종 다 봤는

데, 그 제대할 때, 내가 제대할 때 병장해야 한다고 조수 데리고 있었다
고. 그래가 사단 인자 세탁물, 병창고, 사단 병창고에 가서 세탁물 세탁
하러 나오라면서 전달이 내려왔어. 그래 인자, 각 중대에 한 차씩 폐품 싣
고 인자 세탁물로 싣고 가서, 갈 때는 조수하고 작업병 한 세 사람 들고
(데리고) 가는데, 그래가 각 중대에 집결해가 갔다 카이. 사단 병창고, 세
탁소에 가가 세탁기 큰 데다가 막 조 넣어가 그래가 세탁해 가지고 세탁
을 하는데, 직책은 어떻게 되는지 모르겠는데, 사단 병창고 상사라 계급
이. 그래 인자 이사단 십칠연대 세탁물 가져오면은 하여튼 일대대 보급
계 함 보자 하는 기라. 그래가 내가 갔다. 고향이 어디냐고 묻는 기라. 경
북 대구라고 했지. 자기는 김핸데, 그래가 애로 없나 하는 기라. 애로 없
습니다 했거든. 하니까(그러니까) 보급품 같은 거, 피복 같은 거 부족한
거 없나 하는 기라. 부족한 거 있다 했다. 부족한 거 있으마 내[게] 좋게 해
주께(편리 봐주께). 내[게] 좋게 해줄 테니까 내 휴가비 좀 가지게 해도 하
는 기라. "어떻게 휴가비를 합니까?" "쌀을 좀 띠 도(떼어 달라)" 하
는 기라. 일대대로 오는 쌀을 좀 띠 주는 기라. 쌀로. 한 가마, 두 가마 거
기서 띠는 기라. 우리는 세탁물, 폐품, 못 쓰는 거는 거기서 버렸 뿟는 기
라. 물건을 반납하고 온다 말이야. 반납하면 거기서 그전에는 버렸 부
는 기라. 그래. 그래가… 버리는 거, 인자 못 쓰는 거는 거기서 버리게 되
어 있는 기라. 그래서 내한테 좀 해주께. 좀 봐도 하는 기라. 내가 하겠다
이거라. 각 중대 함 소개해 보겠다 이기라. 한 번씩 알아보라 하는 기라.
그래서 모닸다 카이. 모다가 부족수 있거든 다 얘기해라. 각 중대는 굉장
히 엄하거든. 거기는 전부 뭐 부족수를 기록해라 하는 기라. 부족수를 다
기재해 가지고 전부 품목별로, 쉽게. 동절기는 엄청 많애. 작업복이 삼백

상병 때 찍은 사진. 대대장 연락병이던 동료가 대대장 숙소로 놀러 오라고 해서 갔다가 잠깐 대대장 탄띠와 권총을 차고서 한껏 폼을 잡고 찍었다.

벌 되고 신 이거 안 있나, 농화 이게 몇 백 벌 되고 말이지. 그런데 그래 난 본부 중대 두 가마, 각 중대 한 가마씩 얼마 안 되니까, 그 자리에서 마 반 응을 탁 하는 기라. 그거는 마 세상에 어디에도 걸릴 게 없는 기라. 감찰 와도 안 걸리는 기라. 사단에서 바로 받았 부면… 세탁하러 와가 반납했 는 거는 인자 안 걸린다 말이야. 그래가 가(가져)왔다 말이다. 가지고 오 니까, 중대장이 좋다고 말이야. 역시 내가 제일 편하데, 하여튼 검열 때 마다 골치가 아픈데, 내가 편하데. 그래도 냉중에는… 내가 원래 수를, 부족수를 더 많이 만들었 뿌거든. 그르이 중대장도 좋지. 많이 만든다 이 거. 검열 있으면 원래 남는 것도 골치 아프요. 딱 수가 맞아야 되는데, 그 래 남는 거 있으면, 숨가 둔다. 숨가 두어야 된다니까네. 발각되면 안 되 거든. 그래가 내 제대할 때쯤에 잘해 주고, 사단장 박기병 소장 표창 탔 어. 그래가 군대서 내가 하여튼 술을 배웠다까네. 술을 좋아한 게로. 지 오피(GOP) 들어가마 소를 말이지, 일주일마다 소를 잡는 기라. 세 개 대대 그때는 고기 안 떨어지는 거야. 뭐 계속 안 떨어지게 주거든. 계속 주거든. 계속 고기 먹고, 술도 먹고. 그래가 내가 술 많이 사 줬어. 술 어애(어떻게) 사 줬노 하면은 돈 없으니 말이야. 매점에 가마(가면) 차용증 써 놓으면 되거든. 써 놓으면 술 먹고 싶은 대로 다 가지고 왔어. 언제 주냐 하면은 월말에. 그리 월말에 결산하면 말이지 미곡으로 갚는다 말이야. 쌀이 왜 남나 하마. 쌀이 남는 원인은 각 중대에서 파견 많이 나오고 했다 카이. 1보계, 통신병들 말이야. 본부중대에 파견 나온 거란 말이지. 그래서 나도 그렇고 했는데, 파견 나온 사람한테 그런 사람들 [쌀을] 딱 육 홉씩 받거든. 우리 본부중대에서 받는 양이, 실제로 먹는 거는 네 홉도 안 먹어요. 네 홉 해도 밥이 이만큼 된다 말이요. 그래 우리 배고플 때는 하루 세 홉 밥도 못 먹었어요. 그리 많이 남는 기라. 육 홉인데, 보리쌀 두 홉하고 쌀 네 홉하고 해 놓으면요. 육 홉밥을 큰 솥에 해 놓으면요. 몇이 이래 하면은 그리 안 많은데, 솥 칸칸이 말이요. 주걱은 삽이거든. 백 몇십 명 밥을 한다 말이요. 밥을 해 놓으면 많다 말이요. 근데 육 홉밥 다 못해. 한 네 홉만 해도 밥 많아요. 남는다 말이요.

근데 제가 어르신들 옛날에 군대생활하던 시절 이야기 들어 보면, 배가 고파서 하수구에 쌀 찌꺼기 내려오는 거, 막 주워 먹고 쫄병 때 그랬다고 하던데요?

내가 안 그랬나. 처음에. 그런데, 내가 실제로 보급계에 있으니, 인원 파악 딱 해 가지고 취사장에 가면, 취사반장이 있거든. 취사반장에게 인원 파악한 걸 딱 준다 말이다. 딱 주면은 취사에 통신 전용, 연락병들 밥을 취사에 먹으러 왔단 말이다. 그거는 자기끼리 먹는 기라. 연대 전령이니까 연대까지 가야 되거든. 그렇게 인원 파악해서 주는데, 내가 [보급계]

하고는 밥을 많이 줬다 말이지. 나도 처음엔 배를 많이 곯았어. 내가 제주도 훈련소에서 배를 많이 곯았어. 그래서 하여튼 처음에 이사단 본부중대에 배속받아 가지고, 배가 고파가 마, 여기 긁으면은 비듬이 클클 했단 말이야. 배가 고파가 언제나 밥 한 그릇이 소원이라. 밥 먹는 게. 그래가 찬밥이 어디 있었노. [한 번은] 보초를 섰다 하이끼네. 불침번 섰는데, 그런데 내 앞에 불침번 선 사람이 내 위에 고참이라. 그 사람이 인자 내가 서고 있는데, 자기가 교대병으로 나왔는 기라. 그래 가지고 나를 부르며, 서가 있거라. 내 대신 서가 있거라. 내 취사(반) 가 가지고 먹을 꺼 좀 갖다 주께. 그래 가더니만, 둥그리한 깡통에 거기다가 밥을 미역국에다 말아가 한 통 담아 왔네. 그래 억지로 다 먹었어. 그래 먹고 나니 삼 일 가도 배가 고픈지 모르겠어. 그만치 배가 고팠어. 실제로 소대장 연락병, 고기 이거 대가리 짤라 가지고, 고등어 같은 거 쓰레기통에 버려 놓은 거. 실제로 생 거(날것으로) 먹었다니까. 실제로 먹었다 카이. 쫄병 때, 금방 들어갔을 때는 그렇게…. 그래 가지고 한 일 년 하고 나니까, 막 군에서 감찰병들이 딱 입장시켜 놓고 검열이 엄청 심한데, 검열이 심하니까 밥이 나아지고, 특히 우리 본부중대는 뭐 쌀 더 남아돌아 가니까, 들어오는 게 많이 있으니까, 밥을 풍족하게 해줬다 카이. 그래 중대장은 쌀 한 가마니 줘야 되고, 그 밑에 사람들은 쌀 서 말씩 줘야 된다 말이야. 그래도 쌀 남았는데, 월말 돼 가지고 연대에 가가 결산서에 결산해 가지고 각 중대에 싣고 들어온다 카이. 들어오면 각 중대에 나눠 주고. 그때 쌀 한 가마니가 사천원인가 그래 했다 카이. 그래 해 가지고 전부 술 받아가 다 먹고. 각 중대 선임하사들, 인사계 인자 화투 치는 거, 장교들하고 인사계하고 화투 치거든. 휴가 때 집에 돈 한 푼도 안 가지고 갔어. 전부 술집에 다 가져

갔어. 처음에는 골치 아팠는데 그러고 보급품 차지하고 나이 신경 안 쓰는 기라. [윗사람들이] 달라는 대로 줬어. 쌀 서 말 달라고 하면 주고, 좋다는 기라. 그래 주면 [군대생활에] 아무 근심 없어.

아까 고향이 김해인가 하는 그 하사관을 알아 가지고 상당히 도움이 많이 되었네요?

음… 그게 요령이라 하는 거지. 하여튼 그래. 그때 그 보급관이 내 성격 보고 결혼했나 하는 기라. 결혼 안 했다 했거든. 자기 질녀가 고등학교 나왔는데 나를 질서 삼을라고 하는 기라. 특별 휴가 내 가지고 나하고 가자. 생각 있으면 한 번 보고 응? 마음에 들면 하자 하는 기라. 대구 남산동 같이 가자 하고 그래. 속으로 결혼 했는데 말이야. 그래 가지고 본부 가면은 기록소 있단 말이다. 신상명세서 기록소가 있단 말이다. 신상명세서 기록을 보니까 결혼을 했는 기라. 한 날은(하루는) 날 부르는 기라. 싱그시 웃으면서 날 보자는 기라. 와 그라노 하니까, 새끼 거짓말하고 있어. 맞아야 되겠다. 와요? 하니까, 이제는 친구 한 가지라. 말을 높이고

강원도 철원에 근무 당시 전통을 받고 있는 모습. 옆에 놓인 화병을 볼 때 군대생활에 어느 정도 여유가 있었던 것으로 보인다.

자기는 낮추지만은 만만히, 친구같이 만만치 지냈다 카이. 진짜 결혼 안했어 하는 기라. 그래 내가 웃었다 카이. 봤지 싶어, 확인했지 싶어가. 웃으면서 안 했다 하니까. 새끼 하면서, 보급관 마음 좋아. 참 좋아. 짧달막한 사람이. 그래서 군생활 재미있게 지냈어요. 그때는 내가 막 취사에 올라가마, 배고프다는 사람들, 막 취사밥 막 퍼 주라고 취사반장인데 시키고 했지… 한 번은 취사장에 올라가는데, 인원관리 해 가지고 올라가는데, 일중대에 있다 하는 사람이 병장 계급장을 달았어. 일중대가 우리 중대하고는 굉장히 멀다 말이다. 그래가 배가 고파 가지고 하여튼 보니 배고픈 게 나타나는 기라. 살펴보니까, 그래가 내가 불렀다 카이. 그래 소속이 어디냐고 물으니까네. 무슨 계라고 하는 기라. 누구 만나러 왔어요 하니까, 대답을 안 하는 기라. 배 고픈교? 하니까, 배 좀 고픕니다 하는 기라. 그래가 여기서 밥 먹으면 큰일난다 말이야. 여기서 밥 먹다가 만약에 중대장이, 인사계가 보면은 막 당신만 절단나는 게 아니고 나도 영창 간다. 밥 줄 테니까, 그래가 들어가 봐라. 그래 가지고 삽을 가지고 푹 떠줬다 카이. 하이바, 철모에다가 그걸 씻어라 해 가지고 [밥을 한 삽] 푹 떠줬다 카이. 그래 가지고 국하고 밥하고 시큰(실컷) 먹었을 기라. 병장 계급장 달고 배가 고파가…. 그리이(그러니) 밑에 일병이나, 상병이나, 뭐 거기는 어떻겠어. 하여튼 배고팠다. 쓰레기 생겨 조(주워) 먹었다면 말다 했지. 하기사 그때는 군대 아니더라도 일반 민간인들도 정말 배고프고 힘들게 살았던 때였지.

3. 노가다 해 가며 농사짓다

돈 벌러 서울 갔다 고생만 보따리로 하고 내려왔어

제대하고 나서 고향에 농사지며 있다가 취직해서 돈벌어야겠다고 서울로 갔어. 둘이 올라갔다니까네. 덕암일리 우리 고향 사람하고. 그것도 우리가 자초해서 간 게 아니고 초대해 준 사람이 있어 갔다니까네. 초대한 사람이 거 덕암이리에 살다가 거기 갔는 기라. 거 이사 가가 사는데 우리가 이용 당해 뭇는 기라. [취직자리] 해준다 캐 노코(말해 놓고) 돈 준 거, 그거 딱아 먹고(돌려주지 않고) 그놈 뭐 [취직자리] 여주도(넣어 주지도) 안 하고. 거 있다가 고생만 보따리로 하고 내려왔어. [서울] 올라가이 추운데 뭐 재워 주는 기라. 아주 추울 때 갔거든. 약 일월달인데. 미군부대 넣어 준다고 해 놓고 거 이용당해 무찌(먹었지). 그래가 거(서울) 가가지고 그 저녁에 잘 데 없으니까 여관 하나 얻어 주데 소개해 주는 사람이. 여관에 인자 둘이 들어가 여관에 저녁 먹고 한참 있으니까 한 여덟시쯤 되이 깡패놈 세 놈이 들어왔어. 깡패놈이 어디서 왔노 묻는 기라. 내가 대구서 왔다. 무조건 경북 대구에서 왔다 카이, 뭐 어에 왔노 하는 기라. 돈 벌으러 왔다 하니까 돈벌이가 어디 있어 왔노 하더라고. 그래 미군부대에 돈벌이 하러 왔다 캤거든. 그래가 하여튼 일할 자리를 알아봐 주겠다는 기라. 저거는 뭐 돈을 삐낄라고 오는데 보니까 돈도 없지 싶으고 그래 놓으께네. 이래가 있는 순간에 또 한 놈이 오는 기라 이쪽에 우리 있는 데로 올라오는 기라. 그래 와 가지고 그래 잘라 하고 있으니 밑에서 야단이라 마 밑에서 뭐시. 구두닦이 깡패들인 거야. 마 보께네(보니까) 깡패들이 자기 구역이 있는 모냥이라. 아주 강하게 막 매질하고 말이야. 막 아~ 거리는 소리도 나고…. 밑에서 카니까 이층에 [소리가] 들리. 야

이거 깡패들 이거 뭐 잘못했다가 클났다 싶은 기라. 죄는 없어도. 그래가 한 일주일간 거기서 잤다 하니까. 일주일 있어야지 접수를 해 놓고 일주일 있어야 발령이 그 빨리 난다 이거라. 후에 발표가 안 돼, 안 났는 기라. 딱 보이까 이기 접수해 놓은 게 아니라 우리가 이용당하고 사기당했는 기라. 그래 이놈의 새끼 니가 이때까지 거짓말 공갈이다. 미군부대는 무슨 부대, 이 자슥아 니가 우리한테 [돈] 삐끼 물라(벗겨 먹을라) 그랬나. 이용했는 거다. 이거 돈 내놓으라 캤거든. 돈 없다 이거라. 그래 이 자슥이 마 하여튼 돈 없다는 기라. 돈을 받아 내기가 힘들다는 기라. 그래 더 기다려 보자는 기라. 그래가 있으이께 저거 사촌이 왔어. 사촌 동생이 우리한테 찾아 온 기라. 그래 우리를 이용한 놈이 ㅇㅇ라는 놈인데, 니는 어 됐노 하니까 판문점에 있다는 기라. 그래 거 판문점에 거 가 가지고 청소해 주고 원래 지도 거 이용당하고. 그래 지는 지데로 판문점에 가가 청소해 주고 그래 있다는 거라. 그래 그날 만나 가지고 일어나라 카는 기야. 일어나라 카는데 여기 있어 봐야 별 수 없다는 기라. 하루 빨리 내려가는 기 낫다 이거라. 그래가 내려올 차비도 없는 기라. 새끼 뭐 이런 새끼가 다 있노. 자기 처도 같이 올라온 기야. 우리와 같이 올라왔는데 자기 처는 있고 자기는 볼일 보러 나가 뿌고. 가 보이 병이 마 술병이 소주 술병이 막 수두룩 한기라. 그래 자기 처가 울더라 카이께네. 내가 여 고생하러 왔나 괜히 올라왔다 카는 기라. 그래 어쨌든 내가 내려갈 차비가 없어서 차비 좀 돌라니까 차비가 없다는 기라. 그래 사물함 한 번 뒤벼(뒤져) 봐야겠다 싶어서 뒤벼 보이 그때 돈 오천원짜리 하나 나오는 기라. 또 뒤벼 보이 또 있어. 그래가 난 내려오는데 오천원만 있어도 충분한 기라. 그런데 같이 갔던 덕암일리 있는 사람은 같이 내려가자니까 지는 안 내려간다는 기라. 좀 기다려 보라고 돈 받아가야 된다고. 그래가 그럼 니는 뒤에 내려오니라. 난 오늘 간다. 그래가 열차 완행을 안 탔나. 대구 도착이 해가 질 무렵에 대구 도착했거든. 대구 도착하니까 그때 군인들 옷 염색해가 입고 있는 아들이(애들이) [나타나서 내가] 우에 보이든동(어떻게 보였던지) 열차 안에 한 놈이 나한테 툴툴거리는 기라. 그때 한창 자유당 시대 말이라 깡패들 막 설쳤다 아이가? 그래서 어디 갔다 오노 카데. 그래 서울이라 하니까 서울 우에 갔다오노 묻는 기라. 서울 뭐 돈벌러 갔다 하이까. 꼬락서니 보니까 고생해 보이는 기라. 생고생만 하고 돈도 떨어지고 불쌍하다 하면서 보내 주데. 그래 청도 내리니까 캄캄해. 어두운데 택시가 있나 청도서 버스도 없고. 그래 걸어서 집까지 갔어. 학교 다닐때 그 정신으로 밤중에. 그래가 마 고생도 하고 했는데… 거기서(서울 여관서) 잘 때는 마 얼어 가지고 잤다 하이까. 입에 막 침이 살살 나오데 자다가. 이불 덮을 게 옳게 있나 말이지. 몸이 얼어가 고생했는데 [취직 자리 얻으려고 가져간 돈] 몽땅 날리 뿌이 서럽더라. 저 엄마도 여기 있었다 하이 고향에. 사실 저 엄마는 그러는 거 알았는 기라. [그런데 자기 아들이 그렇게 하고 사는 것을] 보통으로 생각하는 기라. 그래가 한 번은 그놈이 청도에 내려왔다는 기라. 그래가 우에 내려왔냐고 차비는 우에 왔노 하이까 색시가 차비를 마련해 줬데. 그래가 내가 이놈의 새끼 마욕을 마 하고, 자기 누님이 청도에 있었거든. 내가 보이 자기 누님 집에 거서 있을 거 같은 기라. 그때 내가 맨정신에 줘 패 버릴려고 그때는 무조건 돈 받는 거보다 줘 패 버릴려고 했어. 그래서 자기 누님 집에 갔단 말이야. 가니까 안 왔다는 기라. 그래가 마 살았는데 결국은 뒤에 소식을 들어 보니까 영 깡패들하고 어울렸다는 거라. 자기 처는 내려왔거든 내려와 이혼하자고 했는데 아도(아이도) 하나 낳았거든. 아마 이혼했을 기라. 부산 내려가가 살다가 죽었다 하데, 자기 사촌이. 그라다(그러다가) ○○는 우예 됐노 하니까 죽은 지 벌써 오래다 하는 기라. 그게 자유당 시절에 내가 제대해서 한 삼 년 됐다. 삼 년 만에 올라갔다. 그래가 서울 가가 고생만 했다카이꺼네. 근데 나도 내 조부시절엔 편하게 살았지. 군대 갔다 오니까, 내 중씨가 결혼해 가지고 객지에 [사업하러] 나갔다 하니까. 대구 동촌유원지 거서 파란색 보트 한 이십 척 가지고 사업을 했어. 그런데 사라호 태풍 때 그거 다 잃어버리고 가산이 기울었지. 그때[부터] 살기개 힘들어졌지. 전에는 일도 안 했거든.

쌀자루에 이백팔십만원 짊어지고 고모역에 내렸지

여기 고모동에 사신 지 얼마나 되셨나요?

여기 고모동에 산 지는 한 삼십 년 넘었다. 내가 칠십삼년도에 여 왔거든. 여기 오기 전에는 고향 청도에서 살았고. 여기는 내 모친 인동 장씨 친정 동네, 내 외가 동네지. 이리로 온 거는 내 아이들 공부시킬라고. 청도 그 읍소재지에 학교가 있기는 있었는데, 공부시키기가 거기 교통이 안 좋아 가지고 대구 가까이로 가야겠다고 생각하고 그래가 일로 함 옮겨 봤다 카이. 군대 갔다 와 가지고 촌에 있어 보이끼네 크게 전망이 없고. 내가 딸애가 많다 카이, 내가 딸이 다섯인데, 그래가 학교 아들(아이들) 공부시킬려니까 교통이 안 좋다 카이끼네. 그래서 이리로 옮겼다니까.

집과 농지 구입에 돈이 많이 필요했을 텐데, 어떻게 준비하셨어요?

그때 내가 일을 마이 했어요. 집에 농사 말고도 다른 집 농사도 마이 했어. 다른 집 농사일을 해줄 때는 인자 한 마지기에 얼마씩 딱 고정되어 있거든. 기본금이 있다 말이다. 한 사람이 한 마지기에 삼만원이면 삼만원 이런 식으로 기본금이 딱 정해져 있는 기라. 마을에 그거 가꼬 몇 마지기 몇 마지기 그래 해 가지고 이제 돈을, 품을 받는 기라. 그걸로 해가, 그 품 삯으로 해가 소를 한 마리 샀을 정도였다니까네. 한 해 농사지어 가지고. 내가 청도에서 남의 집 머슴살이도 한 해 했다니까. 그래 해가 받은 품삯으로 소 한 마리를 샀어. 논 서 마지기 이상 [일해 주고 품삯] 받으면 소 한 마리 사. 논 한 마지기 얼추 샀다니까네 한 마지기. 그때 머슴살이로 받은 곡식으로는 논 서(세) 마지기 [일해 주면] 피곡이 열두 섬, 백이삼십 두 난다. 그걸로 논 한 마지기 샀어요.

삼 년 하셨으면 서 마지기 정도 사셨겠네요.

그거는(그것만 해도) 내 집에 먹고도 충분히 남는 기라. 논도 샀어요. 삼 년 하고 소를 샀어요. 소를 사서 남의 소작을 경작했다고. 임대 소작 했다. 소가 있으니까네. 오부작, [수확량의] 반틈은 [지주] 주고, 반틈은 [내가] 가지고. 그래가 밭도 세우고. 그래 열심히 일하다 보이 재산이 좀 늘었어. 여(여기) 올 때 소 몰고 왔다니까. 암손데 소가 영리했다니까. 여와가 계획적으로(계획을 세워서) 생활했다니간은. 청도서 가지고 온 재산 안 놓치고 일으킨다는 생각을 가지고.

이리로 이사 올 때, 고향에 있던 전답을 다 팔아서 갖고 온 겁니까?

이백팔십만원 까여 집 사고 논 사고 샀잖아. 소는 그전에 몰고 와 가지고 농사지었고. 하이튼 거 있는 거 다 팔고 매매해가 왔지. 팔아 가지고

위, 1975년(43세) 고모역 앞에서 고향 동갑계원들과 함께 찍은
사진. 구술자의 집에서 모임을 가진 후 고모령 고개를 넘어 인근
동촌유원지로 나들이를 갔다. 뒷줄 왼쪽부터 변유봉,
김판돌(작고), 김정오, 김정도(작고), 김정옥(작고), 김명수(작고),
홍성두, 양해성. 앞줄 맨 왼쪽이 부인 도분남.
아래, 젊은 시절의 홍성두. 사진 왼쪽.

이제 아이들, 자녀들 공부시키기 교통이 좋아서 이리 온 거 아이가. 지금 살고 있는 이 집이 내가 이사 들어오면서 산 집이라. 그러니까 천구백칠십삼년도에 샀지. 이 집이 지어진 거는 사천이백팔십일년도에 지었다. 단기사천이백팔십일년 같으면은 이천삼백삼십삼년을 빼면은… 서기로 하면 천구백사십팔년이니까 지은 지 올해로 오십칠 넌째 되네. 그때 당시로는 이 인근에서 제일 잘 지은 집이라 캤어. 그때 돈으로 백십오만원 주고 구입했어. 논 한 평에 천원쯤 했으니까. 그래 논 닷 마지기 값이라. 집을 사나, 논을 사나 이카다가 논을 안 사고 이 집을 샀다. 논은 작게 사고. 그런데 당시에는 집이 나았어. [집이 데] 가치 있다고 봐야 돼. 지금은 논 닷 마지기 팔면 논이 삼십만원짜리면 어떻게 되노. 논이 닷 마지기면 천 평 아니가 그자? 삼십만원씩 잡으면… 닷 마지기, 천 평에 삼억, 삼억 이잖아. 그래 차라리 집보다 논을 좀더 샀으면 나았는데…. 어쨌든 집은 잘 지었어. 고산면에서 제일 잘 지었다 했는데. 이 집이 햇빛이 쫙 들어오는 기 전망이 좋아. 청도 그(거기) 논 팔아 가지고, 쌀자루에 넣어 가지고 이백팔십만만원 가지고 왔어. 그걸 팔아 가지고 이백팔십만원 쌀자루에 가득 넣어가 짊어지고 왔단 말이야. 그때 [교통수단이] 열차라. 버스는 없고. 열차로 와 가지고 고모역에 내려 가지고 간 크제. 그래 와 가지고 집 사고 토지 사고 했어. 쌀자루에 이백팔십만원 같으면 쌀이 한 도 말(두세 말) 정도 드갈 만큼 되는 기라. 그때 힘이 좋거든. 한창 때거든. 서른아홉 살에 여기 왔단 말이다. 삼십 년 안 넘었나 그자? 올해로 삼십오 년쯤 되지. 그래 되었어. 그때 그래 짊어지고 왔다 카이. 열차 타고 겁안 나더라. 요새는…. 그때는 강도가 적거든. 지금은 강도가 많은 시월(세월)이라. 그때하고는 틀려요. 그때는 아주 강도라 하는 범죄가 크게 없었다 카네. 지금은 굉장히 심하잖아. 갈수록 문제라.

그린벨트만 안 묶였으면 괜찮았을 텐데

굳이 고모동으로 오시게 된 계기가 있었습니까?

아… 원래 내가 군대 갔다 와가(와서), 청도 거기는 앞으로 전망도 없을 뿐 아니라, 아이들 공부시키기가 안 좋아 가지고 말이지. 그래가 머리를 써 가지고 아마도 도시 근처로 가면은 적당할 거고 아이들 공부시키기가 안 좋겠나 그래 생각했지. 그래가 마음을 정하고 이제 미리 한 번 와 봤다 카니까. 처음에는 신일전문대, 남부정류장 있는데, 그 길목이다 말이다. 내 제일 끝에 고모님이 그 신일전문대 바로 밑에 거기 지금 살고 있는데, 내가 고모한테 찾아 찾아가가 "고모 내가 일로 이사 오고 싶은데 여기 위치가 어떻노" 물었다 카이. [그런데] 고모가 오라는 소리를 안 하는 기라. "여기 괜찮긴 괜찮다. 농사지을라 카면은 여기 오면은 괜찮기는 하지만 농지가 안 좋다" 는 기라. 전부 고래[10]고 말이지. 벼농사도 물해가 많고 그런 기라. 그래가 농사짓기가 안 좋다는 기라. 그래가 내 이모가 있다 카이. 이모가 있어가 잘못되었는 기라. 예[고모동] 용지 가격이 얼마고, 위치가 어떻고, 분위기가 어떻고, 외사촌한테 물어 봤지. 난만촌[동] 저리 갈라 했는데 내 안사람이 만촌은 농지가 적고 여기는 있다 이거지. 그래 내가 여 왔지. 만촌 거 갔으면 지금 부자 되었지. [그때] 그린벨트에 묶인 걸 몰랐는 기라. 모르고 여기에 땅을 샀는 기라. 그린벨트 칠십일년도에 묶였거든. 새마을사업과 동시에 그린벨트에 딱 묶였단 말이야. 칠십삼년도 그린벨트에 묶이고 난 뒤에 왔단 말이다. 그걸 몰랐는 기라.

그랬으면, 지금보다 훨씬 나았는데 그렇지요?

그래, 이제는 괜찮애. 만촌 일부, 동촌 주변도 괜찮은데, 여기가 제일 안 좋은 데라. [터를] 잘못 잡은 기라. 그린벨트만 안 묶였으면 괜찮았을 텐데 그린벨트에 묶였어. 그런데 삼십오 년 동안이나 묶여 있다가 이제 일부가 해제된다 하네. 다 되는 게 아니고 일부 마을 주변만. 우리 꺼는 해당되는 것도 없고. 그리 그린벨트 풀리나 안 풀리나 한가지라. 개발이 되어야 돼. 개발이. 지금 도로는 여기 교통문제로 공사하고 있잖나. 여기는 앞으로 그린벨트 해제되고 개발되면 전망이 있기는 있어. 그린벨트는 전부 시지 여기 신도시 개발된 데가 전부 그린벨트잖아. 거기는 개발과 동시에 풀렸잖아. 풀려 가지고 개발했는데, 욱수동 여도(여기도) 전부 그린벨트지 그래. 동촌, 북구, 신당구, 아직 일부 남아 있고 완전히 해제 안 됐는 기라. 개발이 될려면 나중에 한 번 풀어 놓으면 투기가 많이 성하거든. 그래가 묶어 놓고 있는 기라. 지금 언젠가는 개발되는 기라. 그러나 시기상조란 말이야. 딴 걸 못하게 하는데, 밭을 하던지 논을 하던지 그 두 가지밖에 못하는 기고. 그 인자 그린벨트 묶여 가지고 인자(지금) 일부 풀렸는데, 요 부락에 논이지 뭐. 풀리나 안 풀리나 매한가지라요. 마찬가지라요. 뭐 집을 새로 질려고 해도 허가가 안 나고 그러는데 하여튼 다 풀려 뿌야지. 농지는…. 임야는 억지로 묶아 놓더라도. 저저 농지는 다 풀어야 돼. (할머니: 여기 풀려 봤든, 뭐 개발이 돼 가지고 뭐 그거 해야 그거 하지(도움이 되지) 뭐. 풀리면 뭐 합니까? 이 촌동네에 버스도 잘 안 들어올라고 합디더. 버스 기사들 보면 길 소다꼬(좁다고) 이래 놓으니께, 차질(찻길)을 비잡게(복잡게) 이래 놓으니까네, 마을버스 와 안 들어오노 하고 항의가 있고, 기사들이 그래 놓으니 애먹는다 카이.)

포도밭으로 둘러싸인 고모동 전경. 마을 앞뒤로 보이는 것처럼 고모동 주민들의 농사는 포도농사와 벼농사가 대부분이다. 사진 오른쪽 끝부분에 고모역이 있고, 그 옆으로 금호강이 흐른다. 오른쪽 산을 넘으면 지척에 파크호텔과 동대구역이 있다. (사진촬영 이태우)

지금 길 확장 안 시키나. 예전에는 사백육십구번인가 버스 안 들어왔다 니까. [예전에는] 시장 가면 열차를 이용하는데, 시장에 가면은 칠성시장 간다니까네. 대구역 번개시장 갔다가 칠성시장 거쳐가 오는데, 주로 여기 사람들 뭐 하냐 하면은 야채 뭐 이런 농산물 생산해 가지고 그래가 아침에 여 일곱시쯤 되면 오는 열차가 있거든. 그 차 타고 가서 그래 팔고 내려오면은 오후 두시 완행이 또 있었다 카이. [그런데] 오후 두시 차로 내려올려면은 그때까지 [기다리고] 있어야 하는 기라. 그전에는 [고모역 까지 가는] 열차가 없단 말이요. 그래 내려오면은 아침에 번개시장 갔다가, 거기서 반짝시장 봤다가, 칠성시장 가서 한 번 더 보고 두시쯤 시간 맞추어 갖고 여기 들어오는 완행 타고 들어온다. 두시에. 시간 여유가 많이 있거든. 그르이 보통 두 군데 장을 보는 사람들이 많애. 시간을 어떻게 하노 하면은 칠성시장에 농산물 많이 판다 말이야. 칠성시장에 팔고는 번개시장에 가가 볼일 보고 칠성시장에 딱 내려와 가지고 버스 타고 온다카이끼네. 열차가 시간이 지났 부면(지나 버리면). 그래가 지금은 버스로 많이 간다 카이. 버스로 가면 딱 내리면은 칠성시장이거든. 예전에는 이 동네, 고모동에 있는 주민들이 번개시장이나 칠성시장에 채소나 농산물 이런 거 팔러 많이 갔어. 그때는 하여튼 열차가 있어가 열차 계속 이용하고, 예전에는 여게(여기) 버스가 안 들어왔거든. 버스 들어온 게 지금 뭐 한 오륙 년 될 끼라. 버스 들온 지 많이 안 되었어요. 그전에는 전부 열차로 다녔다 카이. 열차라 캐도 뭐 완행열차 하루에 몇 대씩 밖에 안 섰거든. 그래 아침 일곱시 돼가 올라가마 그래가 볼일 보고 일찍 못 온다 말이야. 버스 오면, 경산 가는 버스 타고, 연호동까지 와 가지고 [다시 고모동까지] 걸어 들어와야 되고. 여기 들어오는 버스가 없거든. 아주 옛날에는 경산 나가는 버스도 없었다니까네. 그때는 인자 두시 완행열차, 대구역에서 두시 완행이 편하다고 그것 타고 많이 내려왔다 카이. 그랬어. 안 그러면은 저기서(연호동서) 걸어 들어와야 되고. 그래서 대구에서 경산 오는 버스가 그렇게 많지 않았다 카이. 옛날에는. 지금은 시내버스 있는 거나 마찬가지라. 우리도 번개시장이나, 칠성시장이나 채소, 과일 [팔러] 마이 갔어. 반야월시장까지도 여기서 댕겼다 카이. 반야월시장 저기

마을 입구에 있는 슈퍼마켓. 시멘트로 제작한 글자를 붙여 간판을 만든 것이 이채롭다. 마을 주민들이나 공사 인부들이 수퍼마켓 겸 간이 주점으로 이용하고 있다. 올해부터는 신식 간판이 부착되어 더 이상 정감어린 시멘트 글씨를 찾아보기는 어렵게 되었다. (사진촬영 이태우)

는 물건 팔러 갈라면은 힘이 들고. 요~요(여기 고모역 지나서) 걸어가 금호강 건너 갖고, 건너가 [반야월시장까지] 걸어가는데, 가 가지고 장 보고 칠성시장 안 가고 그랬다 카이. 그만큼 교통이 안 좋았다 카이. 지금 여기 도로확장공사 하고 있지. [우리는] 지방사람이라 모르겠는데 앞에 개발될라 그러는지 그거는 지방에서 확실히 모르이 외지 사람들이 잘 아는 모양이데, 땅 사러 지금 많이 들어와요. 그런데 아직 그린벨트는 완전히 다 풀린 게 아니고, 부락을 기준해 가지고 쫙, 이게 마을 둘레만 조금… 크게 많이 안풀렸어요. 내 꺼는(내 농지는) [그린벨트 해제에] 해당되는 거 없어요. 여[해제 되는 곳] 얼마 안 돼요. 여여 또랑 여기는 안 되고, 여기 내려가는 또랑 안쪽으로 뭐 한 두 평씩 들어가나. 많이 안 풀렸어요. 앞으로 우예 될란가(어떻게 될런지) 몰라도 땅 사러 많이 와요.

노가다 해 가며, 농사짓는 것이 제일 힘들었지요

농사짓는 여건이 많이 힘든데, 어르신 한창 때인 사십대쯤 되었다면 그만두고 다른 일했을지도 모르겠네요?

딴거는…. [농사 외에] 딴거 할 게 없어요. 내가 삼십년 전에는요. 내가 여기 와가(와서) 뭘 했나 하면은 농사지어 가며, 노가다 다니면서, 자식들 공부 좀 시킬라고 말이지. 마 노가다 댕기면서 농사를 지었다 카이. 농사하고 노가다하고 같이. 그때는 기계가 아니고 말이지, 기계가 별로 없고 이래 가지고 인력으로 [건설 공사] 많이 했잖아요? 그때 노가다 댕기면서, 내가 노가다 일 많이 했어요. 그때는 아이들 공부시키기 위해서. 농사지어 가지고는 아이들 학비 안 돼. 그래가 또 애들 출가시켜야 되지. 그 당시에는 그래도 포도 시세가 [지금보다] 좀 나아 가지고 그때는 출가

시키기에 크게 힘이 안 들고 이래가 당년에 빚 냈는 거 빚도 가리고 그랬
는데, 지금은 일 년에 이거는 쓰는 농비도 안 돼요. 그래하고 그 당시에는
참 사는 것이 힘이 들고, 자녀들 공부를 시킬라고 하마, 대농가 정도 되어
야 뭐 공부를 시키는데, 그때 대학교 졸업생들이 별로 없었어요. 네. (할
머니: 그때, 국민학교 시키는 것도 반틈 학교 댕기고, 반틈 결석하고 그랬
지. 농사철만 되마 학교 보내나 일하러 가지. 그리 지금 아이들, 그때 사
는 거 뭐 이야기하면 못 알아듣지요. 허허허.) 지금 [비교하면] 그때는 영
형편없었지. 곤란했지. 그리고 그 당시에는 뭐 이거 살 형편이 안 돼 가
지고 돈벌이 할 때도 없고, 하여튼 돈 벌이가 없었어. 그래 가지고 대구로
돈벌이, 자녀교육 하러 나온 건데. 여기 올 적에는 계획은 딴게 아니고 나
도 그때는 공사장 노가다 하는 게 [농사보다] 돈벌이가 돼가 한 거지. 공

구술자가 40대 초반(1970년대 초)일 때 경주 첨성대 앞에서 동갑 계원 부부들이
단체사진을 찍었다. 당시에도 미니스커트가 유행이었는지 양산을 쓴 여성들이 짧은
치마를 입고 지나가고 있다. 뒷줄 왼쪽에서 두번째가 홍성두, 앞줄 왼쪽에서
세번째가 도분남.

사장에 노가다가 그래도 수입이 괜찮았지. 그때 [노가다 일은 주로] 인력
으로 했어. 기계로 안 하고. 그래 와가 하여튼 계속 인자 [공사판] 다니면
서 노가다 했지. [일당 받고 일해 주는 기본 기간인] 간주는 십오일 간주
라. 십오일 간주로 한 달에 뭐 계속 나가다 싶이 나갔지. 디긴 디(힘들긴
힘들어). 하루에 아침 일곱시까지 작업현장에 도착해야 돼. 그리이(그러
니까) 힘 없고 일하지 못하는 사람은 들어가지도 못해요. 주로 어떤 일을
했냐면 주로 여 질통 메고 운반하는 거 [많이 했지]. [계단] 올라가 가지고
세멘, 자갈, 모래 같은 거 질통에 지고 운반하는 거. 대판 세멘 비비는 거,
[그 당시엔] 레미콘 [차] 같은 거 없었거든. 손으로 막 비비고, 손으로 비볐
다 카이. 디요. [일이] 디단께. 그래도 한창 때라서 괜찮았지.

  그러면 일당은 얼마나 받습니까?

  일당은 그때(칠십년대 초) 하루 일당이, 오관구[11] 여 [공사]할 때, 잘하
는 사람이 칠백오십원, 못하는 사람이 칠백원 했어. 공구리(콘크리트 타
설공사) 힘든 일이라. [일이 참] 디거든. 오관구 공사 현장은 여 군부대 안
에 들어가서 일했는데, 거기는 아무나 못 들어가. 들어갈 때는 신원 분석,
그 고향 신원조사해 가지고 들어갔어. 신원조회 해당되는 사람은 못 들
어가. (할머니: 그때만 해도 삼십년 전이라. 오관구 이거 인자 새로 짓고,
뭐 나무도 그럴 때 군부대 근처에 새로 숨구고 그래 했다 카이. 지금은 버
드나무 그게 얼마나 큰교(큽니까). 그게 삼십 년 크니.) 그렇지. 하이튼
신원조사 이상 있는 사람 못 들어갔어요. 우리 작업하면서 신원조회 그
거 자기 출생지, 본적지 가가 하더라니께. 신원조사 통과 못하면 못 들어
갔어. 그때 오관구 안에 건물들 짓는 공사했어요. 그때는 건물들이 없었
다 카이. (할머니: 건물 그저 뭐 그거로 가지고, 갑바로(두꺼운 천막으로)

가 치고 뭐 그랬다 카이.) 천막 쳐 놓은 거지 대충. 오관구 들어온 지 오래 되었어. 우리 오기 전에 들어왔어. 근데 그때까지 건물들이 부족해 가지고 인제 그때 공사를 마이 한 거지. 칠십삼년도에 내가 여기 왔으니까, 칠십사년도부터 계속 작업했어. 농사 다 지어 가며 그래 노가다 다녔어요. 그래가 자녀들 공부시키고 그리 쭉 저… 출가시키고 [그때] 돈도 많이 벌었어요.

농사일과 노가다 일 같이 했으니 돈 많이 벌었겠네요?

액수를 모른다 카이. 그래 또 쓰거든. 애들 학비 쓰고. 벌인 것도 많은데, 쓴 것도 많다. 자녀들 학비 때문에. (할머니: 그럴 때는 우리는 노가다 라는 것이 무엇인지 몰랐는데, 여기 와 가지고 노가다 소리 듣고 이제 일 하면서 알았지.) 일이 그때는 많앴어요. 콘크리트 이거 말이요. 한창때는 말입니다. 막 대구에서 경산까지 도로공사 할 때, 밑에 지하 채굴공사 우리가 다 했다 카이. (할머니: 대구서 여기까지, 이거 저저 도로가에 증설하는 것도 우리와가 모두 다 하고 그랬다 카이.)

일하시면서 제일 힘들었던 점은 어떤 거였습니까?

힘들었는거는 노가다 해 가며, 농사짓는 것이 마이 힘들었지요. 두 가지를 같이해야 되니깐. 그 당시에는 인자 기계가 아니고 [농사 일을] 소로 했거든. 하여튼 뭐 그때 노가다 뛰어 가며 농사지으며 힘들었지요.

그때 일 참 엄청 했어요, 노가다

그런데, 농사와 노가다 일, 두 가지를 같이 병행한다는 게 시간적으로 어떻게 가능했습니까?

1984년(52세)에 찍은 사진. 농사와
막노동을 병행하며 몸이 부서지도록
열심히 일하던 시절이다. 왼쪽이 홍성두.

농사는 이거 시간 봐 가면서 하고, 노가다도 계속 나가야 된다 말이다.
안 나가면 제명시켜 버린다 말이다. 낙오시켜 버린다 말이다. 그래가 내
가 일을 잘하는 편이까네 오야지[12] 같은 거 [맡아 했지]. 그렇기 때문에,
바쁠 때는 시간을 얻어 가지고 농사를 지었어. 안 그러면은 농사도 못 지
어요. 지금 생각해 봐도 그때는 일도 참 많이 했는데, 지금은 내~(계속)
신경통이 와, 관절이 굉장히 약하다니까. 지금도 [농사] 일을 많이 해. 지
금도 포도나무 오함마로(해머로) 포도 막대기, 철근 박는 거 하루 종일
하고 나니 마 어깨가 아파 가지고 파스를 붙였어. 노가다 일할 때, 그때
일 참 엄청 했어요. 현장도착 시간이 일곱시 같으면, 새벽 다섯시에는 보
통 일어나서 준비해가 출발해야 돼. 오후 퇴근 시간은 대중 없어(정해진
게 없어). 하여튼 해가 넘어가야 돼, 해가 넘어가가 어두워야 [퇴근하는
기라. 그러면은 여름에는 늦게 해가 있잖아. 그러면은 여덟시까지 해가

넘어가야 되고, 겨울에는 깜깜하게 어두워야 되고. 겨울에는 보통 다섯시가 되면 해가 넘어가잖아? 그러면 보통 다섯시 반까지 해야 돼. (할머니: 집에 오면은 밤 여덟시도 되고 아홉시도 되고. 술도 좋아하고 하니까 열두시도 넘어요.) 대구역 있는데, 거기 제일모직에 공사 다닐 때 그때는 교통이 안 좋으니까, 여기 버스 타기에도 교통이 안 좋았다니까네. 여기서 쭉 연호까지 걸어 나가가 버스 타고 [대구 시내] 중앙로 내려가 또 걸어갔다니까네. 직접 거기까지 가는 버스가 없어가. 그리이 집에서 새벽 네시쯤에 일나가(일어나서) 밥을 먹고 출발을 해야 해요. 왜냐하면 기차가 그 시간엔 없거든. 아침에 고모역 기차는 시간이 안 맞아서 안 되지. 학생들 통학 시간은 맞을지 몰라도 노가다 일하러 갈라 카면 일곱시까지 [공사 현장에] 도착해야 돼. 지금은 현장에 여덟시나 여덟시 반 이래 오는데, 그때는 딱 일곱시까지 도착해야 하는 기라. 일곱시까지 도착하지 않으면 사람 제명시켜 버린다니까, 그 당시엔 그랬어요. (할머니: 요새는 그 당시보다 노가다도 마이 편해졌지요.) 지금은 야참 주지. 점심 사 주제. 그때는 도시락 싸 가야 되지. 참(간식)은 그저 뭐 대포 한 잔 아니면은 국수. (할머니: 맨날 밥은 싸가야 되고….) 도시락을 싸 가지고 다녔다 카이. 전부 집에서 도시락 싸 갔고, 참은 막걸리라. 그때는 병술이 아니고 말통[술]이라. 말통에 인자 딱 참도 대포 한 잔 주는 기라. 많이 주면은 인자 일에 지장이 있다고 [더 이상 못 먹게 했지]. 하여튼 출퇴근 시간은 아주 정확하게 지켜야 돼요. 그러니까 하여튼 네시에 일어나 가지고, 저녁에 거기서 딱 시마이하고(마치고) 오마, 바로 차 타고 오면 괜찮지만, 걸어 나와가 차 타고 여기 또 걸어 들어와야 되니까, 최하 밤 열시 넘는 기라. 그래야 집에 도착하는 기라. 잠자는 시간도 별로 없어요. 집에 와가 뭐 씻고, 자다 보면은 또 새벽 네시에 일어나 나가야 되고 그렇지. (할머니: 그때는 칠성시장, 그 한일극장 거기서 차 타고 우리가 장 봐 가지고 거기서 오고 그랬습니더. 그래 가지고 또 연회[동] 가가, 또 버스타고 칠성시장 가던동 [아니면] 또 한일극장 앞에 거 내려가 그리 걸어가고 안 그러면은 열차로 가고. 옛날에는 여기서 칠성시장으로 바로 가는 버스가 없었어요. 지금은 인자 구백십번 [버스] 이거 생겨 놓으니까 그렇지. 지금도 그거 아니고는 없습니더. 경산서 마을버스가 없고, 경산서 대구 가는 버스가 있는데, 그것도 많이 없다 카이.) 지금은 교통이 많이 완화되어 가지고 버스가 계속 다니지만, 그 당시는 버스가 좀처럼 없었다니까네. 참 다니기 힘들었다 카이. (할머니: 지금은 오분 만에, 십분 만에, 버스가 다니지만, 그때는 그랬습니까?) 여기 오관구 포대사령부 여 일할 때, 여기는 굉장히 위험한 데거든요. 더 위험하다 말이야. 어떤기 위험하냐면, 그러니까 뭐 있나 장비, 그게 있다 아니가 무기? 신원조회 안 되면 못 들어가요. 들어가도 우리가 일을 해도 현역군, 포대사령부 군인들 입회하에 그래 작업했다니께. 그때 일해도 굉장히 엄하게 일했어요. (할머니: 거기도 일하고요. 여기 신일전문대 이것도 지을 때, 거기도 많이 일했어요.) 거기는 걸어 다녔어. 거기는 걸어가면은 한 오십 분 걸려. 여기서 남부정류장까지니까, 아… 한 오십분 걸렸다. 그때는 뭐…. (할머니: 남자들은 잘 걸으니까 오십 분 걸리지. 허허허. 그때 여기 [동네] 포장도 안 되어 있었습니더. 여 동네 포장된 거 몇 년째 된다고요.) 하여튼 신일전문대 거 건립할 때, 거기서 [일] 오래 했어. 또 오관구 공사, 그 다음에 농장에도 마이 다녔다. 여기 고모동 파전동 농장. 농장에서는 거진 뭐 농사지 뭐. 원목 같은 거 싣고 조림했지. 제일모직도 다녔고, 거 작업하고 뭐 이래 건물 보수작업도 다녔고 안 다닌 데 있나. 여 뭐 얼마나 다녔다고. 내가 모아 논(모아 놓은) 돈 없고 하니 노가다 댕기면서 남의 농사도 짓고 많이 했다고. 그러니 죽자 사자 [일]해야지. 그래가 여기에 와가 그 [청도서 가져온] 재산을 안 줄이기 위해 열심히 했어. 노가다도 다니고 품 팔이도 하고. 노가다가 주목적이고, 농사지어 가미 농장 많은 사람들 하고 농사를 어불러(공동으로) 짓고. 그 사람이(농장 주인이) 날로(나를) 믿었어. 그 사람도 자기 머슴 데려올라 하면 먹여야 되고, 경제적으로도 그렇고, 머슴들이 일년 내내 상참, 중참 할려면 부리기도 힘들지. 자기도 이익 볼려 하고 나도 그렇고 해서 그런 거지. 천지에 안 해본 일이 없어. 상(喪)일, 묘 쓰는데 거는 품이 많다 말이다. 구덩이 파고 봉분 쌓는 거 이런 거 하면 품삯이 [다른 일 비하면] 배도 넘는 기라. 그 당시에 하루 십만 원이었으니깐. 고모동뿐만 아니라 경산 인근에까지 다 했지. 내가 이런 사업을 하니까네 치름치름으로(아름아름으로) 연락이 돼가 연락하라는 소리 안 해도 연락해 준다. [주위에서] 잘하는 사람 있다고 소문이 나서] 그래가 연락 온다고. [상일은] 보통 한 달에 한 두 번 정도 있었지. 일꾼들은 그 당시에 재산 있는 사람은 대여섯 명 하는 사람도 있었지만, 보통 네 사람 정도 데리고 다녔다. 내가 생각해도 내가 [그때] 너무 [일을] 많이 했다는 생각이 들어. 그래 지금 그래서 몸이 좀 그런가 봐. 그때는 힘이 좋아서 나락 두 가마니 짊어지고 그랬으니까. 키로(kg)로 치면 한 가마이가 육십키로니 두 가마이 한 백이십 키로씩 짊어졌다. 그때는 그까짓 거 가뿐하지 머. 노가다 하면 시멘트 두 개씩 사십 키로 둘러메고 이층까지 올라가는데 뭐. 여기 교통이 불편해서 그때는 출퇴근하는 게 힘들었어. 일할 때 중간에 참(간식)이 나왔는데, 참은 술 먹을 사람 술 먹고, 빵 먹을 사람 빵 먹고, 국수 먹을 사람 국수 먹고 [그랬지]. [공사장마다] 참 집이 별도로 있는 데는 있고, 없는 데는 없고 그랬어. 나도 함바집에서 보통 막걸리 한 병 정도 먹었지. 노가다 일 있을 때는 멀리 경주까지도 가 봤는데, 보통은 멀리는 안 가고 주로 이 근처에[서 일했어]. [그때는] 일이 천지였어. 굳이 멀리 갈 필요도 없었고 가면 다 재워 주고 먹여 주고 했지. 그때 노가다 하루 일당은 칠십년대 칠백오십원 했어. 하루 단가가. 그때 막걸리 한 되 이십오원 할 때다. 일당은 매일 주는 것이 아니고 날짜가 있어. 한 달에 두 번씩. 십일짜리 공사 같으면 [공사] 끝나면 주고, 이십일이면 십일간 해주고 그런 식이지. 쉬고 싶으면 쉬는데 일거리가 천지라. [공사 현장에서] 나는 주로 공구리 치는 일을 했는데 그때는 세상에 겁나는 게 없었어. 내가 마당 공구리(콘크리트) 하는 것도 많이 해줬거든. 공구리 하는 거는 노가다 가서 배웠고. 우리 집 마당 이것도 내가 했지. 마당이 넓어서 시멘트 많이 깔았다. 한 육십 포 깔았다. 한 번은 신일전문대 거[건축공사] 할 때, 그 돌담에 석공… 석공이 계가 조직 돼 가지고 계원끼리 많이 왔어. [그 석공 중에 한 명이] 내보다 한 살이 적은데 임마가 공갈을 치고 헛소리를 하고…. 그래가 저그들이 먼저 술 한 잔 하고 가자고 [해서] 그래가 드갔다고(들어갔다고). 그래 나오이[나오니까] 지들이 (자기들이) 시작을 하더라고. 어, [그런데] 우리는 단 서이(세 명)뿐인 기라. 즈그들은(자기들은) 대여섯 명이 되는데. 그래 가지고 [내가] 확~ 한 대 칠라고 카이 [상대편이] 그대로 넘어져 부는 기라. 받치지도 않았는데, 안 받쳤는데 지가 [혼자서] 넘어져가. 그래가 일대 오로, 일대 오로 시작을 할라 카이 도저히 안 되겠어, 냅다 튀었지(도망갔지). 그래도 다음 날 또 일하러 갔단 말이다. 그래가 일하러 가는데 겁이 안 나. 또 임마들 건

달이라도 델고(데리고) 오는 거 아이가 생각도 있었지만도. 그래가 그 사람이 점심 때 혼자 와가(와서) 형님, 그날 너무 지나친 거 아이냐고. 그래 "지나치나 내가 손댔나, 손대드나 같이 일하믄서 일해가 돈 벌어먹는 사람이 그라면 되나" 고 그랬지. 그래가 임마가 그 다음 날부터는 일을 안 나타나. 나는 내가 아는 사람한테는 굉장히 강하게 하거든. 왜 그렇냐면 나는 할 거는 해야 되거든. 내 할 일만 똑바로 하면 된다. 절대 나는 내가 해야 될 거는 하거든.

내 여기 와 가지고 농사가 일었는 택이라

건축일 하는 데 가면, 옛날에 포크레인 하는 그거거든. [땅] 파고 말이지. 콘크리트 칼로 비벼 가지고 말이지. 두호동 케이블선 묻을 때 공구리 우리가 다 했어. 오래되었잖아. 내가 젊었을 때는 일 안 했거든. 군대 가기 전에는 일 안 했단 말이야. 그런데 군대 갔다 와 가지고 가산이 마이 기울었어. 그래가 열심히 했잖아. 양자 가 가지고 참 살아 본다고 말이야. 열심히 일했어. 그래 내 여기 [이새] 와 가지고 농사가 일었는 택이라. 여기 와가 자녀들 결혼시키고 하면서도 농지를 좀 샀다니까네. 그때 포도농사가 좀 괜찮았을 때고, 노가다도 많이 뛰고 해서 포도밭 좀 헐할 때 (쌀 때) [농지를] 샀단 말이다. 헐하게 샀는데 [지금은 많이] 비싸진 거지. 평당에 그때 한 평에 헐었다. 한 평에 만천원, 만원씩 줬어요. 지금 이십 [만원]은 더 하고 한 삼십[만원]대. 그린벨트만 풀리기만 좀 풀리면 되겠는데…. (할머니: 그때 여자들은 농장, 팔현농장에 가가 일하면은 그때 얼마씩 받았노. 천백원인가… 음… 그때는 얼마씩 받았는지 모르겠다.) 남자들 칠백원 받으면은 반값도 안 되는데 뭐. 삼백원씩 정도 이랬는데 뭐. (할머니: 삼백원도 안 되었다. 백오십원도 안 되었다. 그것도 실장, 그런 사람은 백오십원 되었고, 우리들 호매이(호미) 들고 일하는 사람은 그 보다 더 적었어요.)

농장이 무슨 농장이었습니까?

(할머니: 그때요. 농장에 그 뭐 채소도 숨구고, 파 같은 거, 마늘 같은 거, 그리고 또 그거 뭐고 지금은 뭐시라 카노. 우리 밭에 있는데, 빨간 열매 고거 그거 출하 많이 하고, 그게 이름이 뭐지요? 그거 나무가 억시(굉장히) 크다 카이.) 그게 뭐고, 그게 뭐고 '소부란고' (할머니: 일본말로 '소부란고' 인데, 지금은 뭐시라 하는지. 열매가 요거 만한 게, 빨간 게. 그것 인자 따 가지고 모다 무데기 인자 맹글고.)

그런 일은 일하는 시간이 따로 정해져 있었습니까?

(할머니: 거기는 시간 좀 넉넉히 줘예. 아침에 여덟시부터인가, 아침 여덟시부터 저녁에 여섯시까지인데예. 어두우면, 컴컴하게 어두우면 일

반상회를 모범적으로
운영하여 지역 발전에
이바지한 공로로 표창장을
받기도 했다.

동갑계원 경주 여행 사진. 계모임은 1년에 한 번 크리스마스날에 가졌으며, 매년 봄에 한 차례 여행을 갔다. 뒷줄 왼쪽에서 세번째가 홍성두, 앞줄 맨 왼쪽이 도분남.

마치고. 일당은 그때 얼마 받았는지 잘 모르겠어예. 그것도 십오일날, 십 오일날까지인데, 우리도 그때 몇 번인가 댕겨 봤다. 허허허. 여자들 품삯 남자들 그때 받는 품삯의 절반도 안 돼요. 그때는 얼마 받았는지 하도 오 래되어 가지고 모르겠어.)

그때는 쌀금이 비쌌다 카이

노가다 하시면서 그때 일당 칠백원, 칠백오십원 받았다고 그랬는데, 그게 요즘 같으면 어느 정도 됩니까?

칠만원, 칠만오천원쯤 될 끼라. 열 배도 넘어, 가치가. 그런데 쌀을 팔 라고 하마 영 얼마 못 팔아요. 그때는 쌀이 비쌌다 카이. 비쌌지. 지금은 쌀금이 하루만 벌면 몇 대를 파는데, 여 칠만원 주마 거의 쌀 말 가마 이 상 팔거든. 두 말은 못 팔아도, 한 말에 삼만오천원썩(씩). 칠만원 같으마 두 말 아니가. 그때는 한 말도 못 팔았어요. 네 그만치 쌀금이 비쌌어요. 그런 때 있었다고. (할머니: 그때는 집에 농사지어 가지고는 마카(전부) [시장에] 내고, 정부미 쌀 그거 인자 그거 내주는 거 팔아 가지고 [식량하고], 또 집에 농사지은 거는 내고. 보리쌀도 그랬어요. 보리쌀도 우리 농사지은 거는 내고, 정부미 보리쌀 그거 안 나옵니까? 그것 팔아가 먹고 그랬어요. 우리는 식구가 많아 가지고 아아들이(자녀들이) 많아 가지고요. 우리는 다섯이나 되어 놓으니까네. 양식이 많이 들어갔어요.)

칠만오천원 같으면은 쌀은 좀 비쌌지만은 뭐 공산품 예를 들어서 신발 같은 거 이런 거 사는 데는 상당히 도움이 되었겠네요?

(할머니: 그때도 신발 한 켤이 비쌌지요. 신도 그때는 운동화 같은 거는 없을 기고 농화, 군인들 신는 거 그런 거 신었지.) 그 당시에 뭐 일당 칠백원, 칠백오십원 할 때 운동화 한 이삼백원 주면 샀지. 그런데 지금만치 안 찔기다카네(안 튼튼했어요). (할머니: 그때는 군인들 신던 거에. 헌거, 그런 거 사 가지고 [신었어요]. 장에 가면은 그런 거 팔거든요. 지금은 구두가 되어 가지고 발목까지 오지만은 그때는 비데요(천이데요). 농화 많이 사 신었어요.) 그런거 사제품으로 나온 거 시장 가면 마이 판다니까네. 경산시장에서 많이 팔고. 그기 완전히 군인들 신는 게 아니고 만들기는 그렇게 만들었는데, 사품(사제품)이라 사품, 사품이지. (할머니: 하이고… 그때는 먹고사는 게 그기고 뭐 그렇지 뭐.) 그때하고 지금하고 비교하마, 그 당시에는 고기 이런 거 마음대로 못 먹고요. 고기야 있기는 있지만은 마음대로 못 사먹었어요. 돈이 그만치 형편이 안 돌아가니까, 안 그래요. 하여튼 있는 사람도 고기 자주 안 먹었어요. 주로 닭 같은 거 [먹었지요]. 지금은 양계가 산업화되고 돼지도 많이 먹이지만, 그 당시에는 전

국적으로 가축을 그렇게 많이 안 먹였다 카이. 그리고 가정집에서 닭 같은 거를 먹여 가지고 잡아먹고, 사 먹어도 좀 귀하지. 제사 때나 행사 있으면은 집에서 잡아먹고 그렇지. 그래도 그 당시에는 우리가 젊으니, 건강해 놓으니까, 고기 먹으나 안 먹으나 [건강에 별 지장 없이 살았지].

포도농사는 어떻습니까?

포도농사는… . (할머니: 포도농사 하는 사람 안 돼예.) 포도 시세만 좋으면은 괜찮은데, 영 말이지. (할머니: 포도농사 짓는 사람은 적자고, 소 먹이는 사람은 그건 요새 좀 나사예.) 소도 잠깐이지 뭐. 소값 또 하락시키고…. 전에는 소를 계속 쭉 먹였는데…. (할머니: 전에 노가다 일 댕기고 할 때는 우리 청도에서 [소를] 몰고 와 가지고는 내~(계속) 소를 먹였다 카이. 그랬는데.)

몇 마리씩 먹였습니까?

(할머니: 뭐 소 새끼 놓으면은 한 마리, 두 마리.) 농사짓기 위해서 먹이는 거지 뭐. (할머니: 많이는 못 먹이고 두 마리 정도. 새끼 놓으면 또 팔고 뭐. 그랬지. 옛날에 소값파동 났을 때 있었지만도 우리는 사육 소는 안 먹었어요.) 그때 정부에서 소 사육 장려해서 따라했다가 소값이 똥값 되어 갖고 피해 본 사람들이 있었어요. 네. 그때는 농장 참 많이 해 가지고. 근데 우리 같은 사람은 일하러 댕기기 때문에, 노가다 다니기 때문에 소 먹일 힘이 안 됐어요. 인자 한두 마리 먹인 거는 농사를 짓기 위해서 먹인 거고. (할머니: 기계(경운기) 나오고 난 뒤부터는 소를 별로 키울 일이 없어졌지예.) 요즘은 사료를 주지만, 그때는 여물을 낄여가 줬거든. 여물을 삶아서 줬단 말이야. 솥에. (할머니: 그때는 나무도 없었어요.) 예

전에는 나무도 마음대로 못했는데, 실제로 지금은 나무도 썩어 간다 카이. 산에. (할머니: 지난번에 태풍 와 가지고 나무 많이 자빠졌는데, 뒷산에 가면 전신에 나무 넘어져 가지고 질만(길만) 톱으로 가지고 겨우 내고 다닐 정도라예.) 예전에는 산에 나무해가 화목(땔감)으로 썼는데 요새는 집집마다 모두 보일러를 쓰니 산에 화목이 천지라. 우리는 지금 집에 보일러가 네 개 인데, 하나, 둘, 서이, 네 개란 말이다. 방마다. (할머니: 그때만 해도 방 세 놓을라고 방마다 보일러를 놓았어요.) 응. 방을 세를 놓았단끼네. 지금은 사람이 없으니까 그대로 놔두고 있는데, 화목 부엌이 따로 있단 말이다. [보일러] 있어도, 왜 화목을 쓰노 하마 아침, 저녁으로 세숫물 따수고(데우고), 밖에도 솥을 걸어 놓았거든. (할머니: 그런데 아이들은 불 땐다고 올 때마다 불만이지.) 그래가 어떤 때는 뜨사가(데워서) 목욕도 하고. 삼시, 사시절 물을 끓여 먹어요. 생수를 안 먹고 물을 끓여 먹는데, 옥수수 넣어 가지고 끓여가 먹어요. 계속 물 끓이는 데 나무 많이 들어요. 나무도 재 났다(쌓아 놓았다) 카이.

지금 소를 안 키우신 지는 얼마나 되었습니까?

안 키운 지가 오래되었어요. (할머니: 한 십 년 넘었습니다.) 한 십년 넘었어요. (할머니: 기계 나오고, 이거 경운기 나오고.) 소 먹여 봤자. 돈 벌러고 소 먹였나, 농사 지을라고 먹였는 거고. 지금 경운기 나오고는 경운기가 농사지었기 때문에. (할머니: 소 먹여 봤자….) 영업적으로 먹이는 사람 있잖아. 그런 사람들은 소 대여섯 마리씩 먹인다 카이. 소 좀 먹이는 사람들은. (할머니: 우리 집에도 소 먹이라고 칸다. 근데 소 먹일라카마 또 돈들어야 하고, 뭐 전신 사방에 하수구도 내야 되고, 그라면 집이 추접지예(더럽지요). 여름이야 말할 수 있습니꺼. 그래가 짐승이라고는 안 키운다. 개도, 고양이도, 기를 것 같아도 고양이도 안 키워요. 고양이 저것도 털, 저것도 음식에 얼마나 날라간다고요. 그전에는 셋방을 얻어 가 와사 있으니까, 빈칸이 있는 거 방을 넣어가 저래 보일러도 놓고 했는 데, 지금은 저래 안 쓰니까 마 겨울 되니까 수도도 터지지. 사람이 없어도 해나(행여나) 얼까 싶어서 불을 올려 놓지. 내(늘) 저래 얼지. 하나는 기 름 뺏부고 물도 빼고 다 뺏 붇는데, 하나 저거는 내 올려 놓습니다. 겨울 에 그러니 기름도 많이 드네에. 세는 방세 얻으러 오는 사람한테 주는데 딴데서 오는 사람들….) 외지 사람들. (할머니: 여기가 방값이 헐잖아에. 우리 저 방 두 칸 십만원도 받고, 십오만원도 받고 그랬습니더. 십오만원, 옛날에는 십오만원.) 그런 사람들 노가다도 댕기고 공사장에도 다니고. (할머니: 저기… 지하철 공사하는 사람들, 저 서울서, 인천서 이런 데 사 람들이 와 가지고 인자 공사 따라서 오는 갑더구만. 고정인력이 되어 가 지고 그래가 방 얻으러 왔지. 그래가 몇 달썩 있다가, 일 년도 있다가 가 곤 했는데, 지금은 쓰는 사람이 없으니까 그래 방이 놀잖아요. 방 아무나 넣었더니 그거 해 돼요. 그래가 아무나 안 넣습니다. 사람 아무나 넣으니 까, 방세 받아 내기도 힘들고 차라리 신경 안 쓰고 방 놀리는 게 나아요.)

포도농사 지어가 그게 좀 도움이 됐다

어르신하고 집에서 농사짓고, 노가다도 하고 이래 벌어 가지고 자식 들 공부시키는 데는 크게 어렵지는 않았겠네요?

예. 좀 수월했지. (할머니: 공부도 뭐 큰 공부를 안 시켰으니까.) 수월 했지. 그라고 공부를 완전히 못 시킨 거지 뭐. (할머니: 우리는 고등학교 밖에 못 보냈는데 뭐.) 고등학교밖에 못 시켰지. (할머니: 끝에 딸 둘이는 대학교 사 년 내도, 우에 꺼는 고등학교밖에 못 나왔어요. 뒤에 가가 인자 좀 여유가 생겨 갖고 그래 겨우 끝에 둘이만 대학 보냈어요.) 포도 작목, 포도농사지어 가지고 그게 좀 도움이 많이 되었다.

그러면 자녀분들 결혼은 언제 시켰나요?

[그동안 보관해 두었던 부주계를 꺼내며…] 장녀는 팔십년 일월 십삼일 예림예식장에서 결혼식 했어, 예식장이 범어로타리 요기 있었어. 그 다음에 장남은 팔십팔년. 어, 십이월 삼일 음력이가 양력이가, 양력으로 십이월 삼일 궁전예식장이네. 그다음에 차녀가 팔십칠년 이월 이십이일 경산 영빈예식장. 그다음에 삼녀가 천구백구십삼년 이월 십사일 궁전예식장이네. 그다음에 사녀가 구십팔년 오월 오일 귀빈예식장에서 했어. 막내이는(5녀) 작년(2004년) 양력으로 십일월 이십일일 남서울웨딩홀에서 했고.[13] 서울에 저거 동료들이 다 있어서 거는(그쪽 집은) 버스 세대 [대절]하고, 우리는 집안 사람하고 영빈관에 버스 한 대 대절해 가지고 그래 [서울로] 올라갔어요. 다른 사람들은 [고모동] 집에 인자 들어오고 예식장까지 안 갔다니까. 내가 미리 또 연락도 안 하고. 내가 인자 젊을 때 갔으면 사뭇 연락하지만 나도 이제 늙어서 연락도 안 하고, 연락할 만한 데만 연락해 버스 한 대만 대절해 갔다. 저거 동료들이 한 백사십 명정도 왔어. 서울 시내 우리 아가(애가) 있는 데는 서대문구청 세무과인데 각 세무서는 대충 다 왔데. 그러이 사귀고 지내는 사람도 같은 계통(직장)이고. 거는 왜냐하면 급수가 일찍이 들어갔기 때문에 육급이고 내 아는 이자 이천이년도에 들어가서 구급이고 내년에는 올라가는가 시험을 치는데 자주 치데 일 년에 댓 번 치는 기라. 결혼식 안 올리고 할 때는 걱정도 되고 했는데 출가시키고 나서 이제 좀 마음이 홀가분해졌지…. (할

머니: 원래 뭐 집에 안 있고, 내 그래 나가이까네(나가서 생활하니까) 시집 보내나 안 보내나 내나 한가지입니더.) 멀리 이자 있으이끼네 항상 걱정이 좀 되디만(되더니만), 그래도 같은 직장에 있으니까 그래 이자 결혼하니까 마음이 좀 놓이고. (할머니: 뭐, 아들 같으면 그렇게 걱정이 안 되는데요. 딸이라 놓으이끼네 혼자 있으이끼네 걱정이 좀 됐지요.) 그러니까네 저녁에 늦게 댕기도 그렇고 걱정이지. 이제 이자뿟지요(잊어버렸지요) 뭐.

아드님은 외동인데, 몇 째신데요? 제일 막내입니까?

아들요? 둘째라. 내 선부도 외동이고, 우리 조카님도 외동이라. 나도 양자로 갔지만 외동인 택이고 하니 집안에 대를 이을 손이 귀해요. 그러다 보이 [딸이 좀 많지]….

작년에 막내따님까지 출가시켰는데 마음이 어떠신지?

나는 마 걱정하는 건 없어. 걱정 안 해. 그냥 형제 간에 우애 깊게, 우애 있게 [살면 되지 뭐]. 잘사는 것도 싫어. 그냥 평범하게… 절대 생활에 욕심 내면 안 되고… 그래야 복이 들어오지. 돈을 억지로 벌라 카믄(벌려고 하면) 복이 안 들어온다. 돈이 사람을 따라야 되지.

입춘 아래 농사 준비 다 해야 한다 카이

절기에 따라 한해 농사 준비는 어떻게 했습니까?

한해 농사 준비? 보자… (2005년 달력을 펴놓으며) [입춘 아래 모든 준비를] 다 해야 한다 카이. 입춘에 다 해야 하는데, [올해는] 입춘이 이월 사일이 입춘이거든요. 올해(2005) 양력으로. 만 일주일 정도밖에, 일주일도 채 안 남았네. 그런데, 땅이 녹을라 하면, 우수 지나고 한 달 있으면 경칩 아닌교? 우수 그런데 이게…. 입춘 지나면은 봄이거든요. 입춘부터 농가일이, 농번기로 접어 들어가는 거지. 입춘에는 이자 가지치기를 해요. 포도나무 가지치기. 그리고 전부 작목 다 그래요. 전부 가지치기 해야 돼요, 입춘까지. 그 다음에 우수거든. 이월 이십구일날. 십오일 날마다 돌아와요. 이십사 절기이거든. 우수 때는 이것저것 뭐 밭두렁에 논둑 넘어진 거 이런 거 손보고 뭐 청소, 논두렁에 뭐 지저분한 거 그런 거 청소하고. 그 다음에 삼월 오일 경칩, 경칩이라는 거는 개구리가 인자 깰 때 땅 밑에 있는 벌레가 활동할 시기거든. 경칩 지나면은 인자 비료를 한다 카이. 논밭에다가. 보리나, 과수, 과원에 비료를 해 가지고 거기 인자 매야 돼. 매는 데는 경운기나 관리기를 틀고, 관리기 없는 사람은 손으로 매는 기고. 그렇다 카이. 논, 밭 매기는 경운기나 소로 인자 한다. 다음에 춘분 아니가 춘분. 올개는 삼월 이십일이네. 춘분은 밤, 낮이 다 같다 하거든. 이때는 인제 계속 논, 노상 들에 나가 인자 논 돌봐야지. 그때는 인제 지신 같은 거 올라오거든. 풀 같은 거 올라오면은 매고 뭐. 지신매기라. 고 다음에 청명 아니가, 청명. 사월 사일날이제. 한식일이 오일날이거든. 청명, 한식이 식목일날 아니가? 사월 오일날이. 이때는 인자…. 식목일 여러가지 해요. 응? 여러가지 산소에 뭐 식목도 가고, 산소에도 허물어진 거 있으마, 응? 식목일날 한다 카이. 청명 한식일. 농사일은 뭐 어떤 날이던, 그때는 계속 인자 뭐 포도나무 인자 순이 올라오거든. 올라오면은 그 순을 고라 주고(정리 손질해 주고). 그 다음에 어디고 며칠날이고 양력 이십일날, 곡우. 곡우 그게 어… 모판! 모판 한다 말이야. 못자리 설치해. 그 다음에 입하. 올해 윤달이 있어 놓으니까네, 이월에 윤달이 있잖아?

입하 음력으로 십오일이고, 아 올해는 어린이날이네. 입하가. 오월 오일
날. 입하 되면은 인자 포도나무 순을 꼬맨다(묶어서 매단다) 말이요? 순
나오는 거를. 꼬맨다는 거는 포도나무에 순 많이 나오잖아? 철사 걸어 놨
잖아요? 거기다가 포도나무를 후와 가지고(구부려 가지고) 딱 꾸맨다까
네. 철사하고 가지하고 같이 묶는다 말이지. 벼농사는 옛날에 풀 베고 했
거든. 풀 같은 거 베고 했는데, 요즘은 안 한다 카이. 벼농사는 못자리 해
놓고, 못자리 그걸 돌보지요. 못자리에 지신도 매고, 지신도 뽑고 응? 그
때까지는 논농사는 크게 신경을 안 하고 밭농사 이쪽에 신경 쓴다 카이.
그래가 그 다음이 소만. 이십일일이네. 오월 이십일일. 소만, 이게 옛날
에는 논에 풀, 퇴비를 했다 카이. 옛날에는 논에 퇴비를 넣고 지금은 안
하거든. 나락 논에 퇴비를, 논에 인자 땅심을 좀 돋우기 위해서 그렇게 하
는 거지. 소만 지나면 망종이지. 올해는 윤달 때문에 땡겨가 양력 유월
오일인데. 망종에는 인자 보리가 말이지. 보리가 영 황빛이 들어가 인자
보리가 황색이라. 이때 인자 보리 베기를 하는 기라. 그 다음에 하지 아
니가? 올해는 유월 이십일일날이 하지인데… 모내기가 그자 망종 지나
고 보름 있다가 하자나요? 모내기할 시기가 여기 지났단 말이다. 전에 윤
달 없을 때는 오월 이십오일 되면은 모내기 했다칸끼네. 올해는 윤달이
있으니까, 한 달 더 있으니까, 유월 오일 망종에 보리추수하고, 써래질 해
가 모내기 하는 기라. 써래질, 논가리 안 하나. 일모작은 그 안에 한다 말
이다. 그리 망종 때 하여튼 써래질 해 가지고 모내기한다 말이지. 하지에
는 인자 논매기 해야지. 모내기 다 하고 난 뒤에 논매기. 논두렁 풀도 베
고. 그러다가 하지 지나고 나면, 소서, 대서 아니가. 소서가 올개는 칠월
칠일날이네. 이때는 날씨가 좀 덥다 말이야. 여름 초기거든. 이때는 인자

논에 하고 포도밭에 약도 쳐야 되고. 논농사도 논에 농약 치고 그런 거 하고. 그 다음에는 대서, 올해는 대서가 칠월 이십삼일이네. 대서는 덥을 때 아니가? 이때는 인자 어… 수확, 포도 수확 직전이다 말이다. 칠월 삼십일 되면 포도 수확 된다니까네. 노지 포도 수확하거든. 온상 포도는 대서 안에 따고. 포도 수확을 하는 거는 칠월 삼십일, 중복쯤 되겠네. 이때 본격적으로 노지 포도 수확을 하지. 그 다음에…. 입추 아니가? 팔월 칠일이 입추제? 입추, 이거는 뭐 하냐 하면은, 입추 때는 논에 약도 치고, 물 논에 치는데, 가만히 있어 보자. 그때도 하여튼 포도 수확한다 카이 계속. 포도 수확은 팔월 이십일까지 계속해. 입추 다음에 처서가 팔월 이십 삼일이제? 처서 지나면 인자 어… 좀 시원해진다 카이. 처서 지나면 어애

1998년 5월 5일 대구 귀빈예식장에서 4녀 결혼식 때 찍은 양가 가족사진.

되노. 퇴비? 퇴비증산, 퇴비한다 카이. 이때 되면은 한 번씩 태풍 오고, 바람 불고 하면은 못자리도 봐 주고 농약 살포도 하고. 그 다음에, 처서 다음에 그거 아니가 백로. 백로 되면 인자 벼농사가 나락 완전히 다 펴서 고개 숙인다 말이야. 결실 아닌교, 결실. 백로 그 다음에 인제 추분이다. 올해는 구월 이십삼일이네. 추분은 이거는 가을 초기라 말이다. 이때는 뭘 하노 하마. 가을 직전인데, 인제 가을 추수 준비를 하는 기라. 논에 물빼기 하고. 모든 농기계 수리도 해 놓고. 이때 대추 수확도 하고. 그 다음에 시월 들어가서 한로. 시월 팔일이 한로라. 가을 벼농사, 그때 벼 빈다(벤다) 카이. 이때 인자 가을 추수를 하는 기라. 보통 벼베기 할라카마 일주일 이상 열흘 정도 걸리지. 그래 한로에 시작해 가지고 이십일까지 가을 벼 추수를 하지. 탈곡, 타작, 벼 말리기 이런 거 여기 다 같이 하고. 그 다음 상강에는 시월 이십삼일경인데… 이거 뭐 대비한다고 하노. 겨울 대비라 칼까? 상강 지나 가지고, 고 다음은 일 년 농사 마무리, 정리 할 때라. 응. 그 다음에 입동이네. 십일월 칠일. 이때는 인자 월동준비 해야지. 겨울에 추우면은, 왜 월동준비를 하는가 하면은 어데 바람이 씨게(세게) 불면 바람을 좀 막아 주고. 집안 손질, 그러면 인자 난로 같은 거 정비해 가지고 준비한다 말이다. 미리 겨울을 대비해서. 그 다음에… 월동준비 해 놓으면 시기적으로 제일 맞는 거고, 그 다음에 소설 아니가? 눈 온다고 소설인데, 십일월 이십이일날쯤이네. 이때는 인자 농부들 뭐 하노, 그냥 노는 게 아니거든. 옛날 같으면 나무하고 한다고, 화목(땔감) 준비한다고 하지만, 지금은… 그 다음 대설 아니가, 대설은 인자 십이월 칠일 아니가. 대설은 눈이 많이 올 때니까 하우스 손질. 특수작물하는 사람들은 인자 하우스 손질 해야 돼. 우리는 이거 별로 없지만은 특수작물 하우스

홍성두가 49세 때인
1981년 고모동 자택에서
부인, 막내 딸과 함께
찍은 가족사진.

는 인자 눈이 많이 오면은 막 치워 주고 하잖아? 설해 피해 예방할려고.
그 다음에는 동지, 십이월 이십일일이네. 윤달 있으니까 하루 땡겼다 카
이. 보통 이십이일인데. 이거는 우애노. 동지 때는 제일 추우니까, 동상
예방. 사람도 동상 예방 하지만은 나무들, 식물들도 동상예방 해야 되는
데, 식물 같은 거는 인자 짚을 가지고 싸 주고. 포도나무는 안 싸 줘도 되
고, 과목 동상 예방은 감나무던지. 매실나무던지. 자두, 살구 이런건 동
상 예방하기 위해서 짚으로 싸 줘야 돼. 이제 끝났지. 아, 앞에 일월달 꺼
빠졌구나. 일월달 이거는 소한, 대한이 빠졌네. 소한이 요때는 일월 육일
이고, 고 다음에 일월 이십일일이 대한이네. 그래 동지 밑에 소한 아니
가. 소한 때는 뭐 하노. 그 인자 소한 때는 그자 내년도 농사짓기 위한 건
강유지. 그리고 대한에는, 종자 준비. 내년도에 쓸 각종 종자 준비라. 그
게 마지막이거든. 이제 봄이 시작하니까, 종자준비 해야 돼. 이때 벼 종
자는 주로 일산 벼, 일제라 말이다. [일산 벼] 아니면은 내년에는 매상 안

봐 준다 하거든. 그라고 호박 같은 각종 종자 준비해 놔야지. 호박 심는 것도 3월달에 안 심나. 호박 그거는 심는 거는 할 필요없고 종자 준비하는 거. 벼도 인제 쭉 옛날에 새마을운동 전부터 시작해 가지고 품종이 많이 바뀌었는데, 통일벼부터 시작해 가지고 아끼바리 카는 품종도 있었고, 남산 칠호 뭐 그런 것도 있었고. 지금은 일산이 제일 중요하게 생각한다 카이.

평생 지은 농산데 우애 그만두노

그러면 어르신 지금 농사짓고 있는 게, 포도농사하고 벼농사하고 또 다른 거는?

대추 심어요. 대추는 이십사 절기 중에서 입춘 때 포도 전지할 때 가지 치기 같이하고, 농약도 같이 치고 하지. 대추 수확은 보통 음력 팔월이거든. 추분 때쯤. 보자, 구월 이십삼일 추분 이때쯤 되겠네. 가을 준비. 논 물빼기 할 때쯤이지. 대추에도 농약을 쳐요. 포도밭에 [농약] 칠 때, 같이 쳐. 대추밭은 자주 안 치고. 포도밭에는 십일 간격으로 한번 씩 쳐야 돼. 대추는 두 번 내지, 세 번만 치면 돼. 그 정도 섞이게 해놓으면 돼요. 한 해 농사 끝나면 동지섣달에 좀 쉬지. 가을 [추수] 해 놓고. 시월 묘사 지내고 나마 동지섣달, 그때 인자 그때 좀 쉬지. 쉴 때는 우리 농촌에서는 뭐 그래도 집에 들어앉아 있을 수는 없고 뭐…. 돈벌이 있으면은 돈벌이하고, 나가가 돈도 벌고. 그리고 여기 태풍 때, 뚝이 무너지고 하마. 그때는 인자 그것 준비를 해 놓는 기라. 한가할 때. 뚝 무너진 거 인자 돌 같은 거 주어다가 말이야. 그 다음에 모다 놓았다가 실실 짜는 기라. 뚝 수리, 축대 보수. 논두렁 보수라 해야지. [농한기 때] 돈벌이하는 거는 일반 공사장에 인부를 씬다니께(쓴다니까). 그런데 일거리 있으면 가지. 계속 돌리는 게 아니라 따문따문(드문드문) 그렇게 있다칸끼네. 금방 갔 버려요. 동지섣달. (어르신 연세도 있는데 농사는 언제까지 지으실 생각입니까?) 인자 힘 없으니까 일도 못하겠고, 농사지으면 아이들 줄라 하는 거, 아이들 [양식 먹을 게 돕고 할려고 조금 하는 거지 뭐. 평생 지은 농산데 우애 그만두노. 그냥 하는 대로(힘 닿는 대로) 한다 카이. 하는 대로 설설(쉬엄쉬엄) 한다 카이.

포도값이 뭐 똥값이 돼 가지고…

청도 있을 때도 농사 쭉 지었습니까?
응. 농사지었고, 청도에는 그 당시에 딴거 특수작물 없었잖아? 인자 청도는 봉숭아, 감 두 가지가 전부터 하고 있었거든. 근데 지금은 복숭이 낫

고된 농사일중에 잠시
포도밭 아래 앉아
술 한 잔으로 타는
목마름을 식히고 있다
(사진촬영 이태우).

지. 그래 나도 여기 와 가지고 포도농사를 좀 인자 해볼라고 그래 시작했어. 논농사도 안 좋아 가지고 해서 논에 막 포도를 좀 심었다 카이. 포도를 많이 심었어. 한 천오백 평 심었어. 근데, 지금 인자 농사짓기 힘이 들어가 아들(자식들) 인자 안 거들어 주고 힘이 들어가 못하겠어. 허허. 거기다가 요즘 포도값이 뭐 똥값이 되어 가지고 인건비 건지지도 힘들어요. 이 년 전에까지는 시세가 좋을 때는 괜찮았는데, 지금은 시세가 안 좋으니까 이제 영 남는게 없어요. 그라고 천지 놉도(품팔이도) 없고 돈벌이하는 사람 없거든. 그러니 할라고 하니까 힘이 들어가⋯. 수확 시기에 비가 자주 오마(오면) 굉장히 힘들다 카이. 작년에, 재작년에 비가 너무 와 가지고 허허 포도도 많이 썩카 뿌고. 그래가 영 시세가 형편없어요. 그리 이 전에는 뭐 다라이에 이래 담아 가지고 십 키로씩 넣어 가지고 가마 팔고 했는데, 지금은 전부 상자에 말이지, 박스에 오 키로씩 넣어 놓은 게 그거 작업하기가 굉장히 시간이 오래 걸리고 힘든다 카이. 물건도 좋게 만들어내야 되고. 전에는 막 다라이에 담아도 됐는데, 물품이 안 좋아도 뭐 잘 팔렸는데, 지금은 근본이 인자 과잉생산하기 때문에, 외국에서 수입도 하기 때문에 그리 힘든다 카이. 포도도 지금 외국에서 수입이 돼 가지고⋯. 지금 포도 수입이 중국에서 많이 넘어 온다 하는데, 근데(그런데), 포도 이거는 진짜로 오래되면은 잘 상하거든. 생물이 돼가. 멀리서 온다 하마 품질이 나빠진다카네. 가까운 데서 오면, 중국 같은 데서 오면은 포도 품질 안 나빠져가 싱싱하게 좋다니까네. 이틀까지는 괜찮거든. 누가 팔러 와 가지고 사러 보내 놓으마. 지날(제날짜에) 다 안 팔리고 재고되는 수가 있다니까네. 응 하루씩 재고 들어올 수가 있다니까네. 그래도 싱싱한데 뭐. 그런데 비가 많이 와 가지고 포도 좀 터지고 하면, 하루 지나면 영 못해진다 카이.

그런데 외국에서 수입할려고 하면, 포도 신선도가 그대로 유지가 됩니까?

그렇지. 그러니 여하튼 약을 쳐도 안 돼요. 그건 약 쳐 가지고는 안 되고, 하여튼 기후 조건이 좋아야 돼. 일조량이 좋아야 되고 비가 안 와야 돼. 첫째 비가 오면은, 오늘 딸 거 오늘 안 따고 내일 따게 되면 그러면 부패가 많다 카이. 하루 차이로. 작년에는 포도농사가 영 형편없었어요. 영마, 비가 많이 오고 이래 놓으니까 시세가 금년에는 영 형편없었어. 저번에는 그래도 할 수도 없고 어차피 지어야 되고. 나락농사도….

벼농사는 몇 평 정도 합니까?

벼농사는 한 천 평 돼요. 대추는 한 오백 평 돼는데, 나무도 다 빠졌부고 인자 나무도 얼마 되지도 안 하고. 농사지어 가지고는 학비 안 돼. 그래가 애들 출가시켜야 되지. 그 당시에는 포도 시세가 좀 나아 가지고 그때는 출하시키기에 크게 힘이 안 들고, 이래가 당년에 빚냈는 거 빚도 가리고 그랬는데, 지금은 일 년에 이거는 쓰는 농비도 안 돼요. 가정에 쓰는 거 하고 농비하고 이거도 한 칠, 팔백 깨져요. 전에는 한창 시세 좋을 때는 천 한 이삼백[만원] 이상 되었단께. 그런데 지금은 근년에는 오백[만원], 이백오십[만원]밖에 못했다 카이. 허허허. 천삼백[만원]쯤 했다가, 저번에는 한 오백쯤[만원] 샀다가, 근년에는 이백 오십[만원]쯤. 수입이 거의 육분의 일로 줄어들었어. 똑같은 경작지에서 포도농사를 해 가지고 그러이 엄청나게 떨어진 거라. 그리 왜냐하면은 그 당시에는 상자 이런거 돈 주고 안 샀거든. 다라이 이것도 우리가 담아 상회 가면은 우리가 직접 판매하거든. 상회에 가면은 십 키로씩 넣어 간다 말이요. 십 키로 하면은 네 다라이면 사십 키로 아니가. 그래 가가(가지고 가서) 사간 상인들이 다 팔고 다라이를 도로 상회에 갖다 놓는다 카이. 갖다 놓으면 우리가 그 이튿날 물건을(포도를) 가지고 가가 고무 다라이 가지고 와서 다부(다시) 부어가(부어서) 사용한다 카이. 돈이 안 들었다 카이. 그 당시에는 상자값이 안 들었다 카이. 돈도 일절 안 들고. 우리 다라이만 사 놓으면 언제라도 사용할 수 있는데, 몇 년 동안 쓸 수 있는데, 파손 안 되고 분실만 안 되면, 언제든지 사용할 수 있는데 말이야. 지금은 박스를 사용해야 하는데, 박스 이게 얼마 하노 하면은 오 키로짜리가 육백오십원씩인데, 농협에서 백원인가 좀 봐 주고 그래가 그 인자 그래도 오 키로짜리 그 뭐 해봤자…. 십 키로짜리 같으면은 다소 좀 덜한데, 오 키로짜리는 어떻게 되노 하면은 상인들이 말이지. 자기네들 차로 보내 가지고 상회에서 실고 가거든. 그런데 운임이 있다 말이다. 오 키로짜리 운임하고, 십 키로짜리 운임하고 말이야. 십 키로짜리 운임이 반틈이 되어야 하는데, 오 키로짜리 반절이 되어야 하는데, 그래 안 된다카까네. 오 키로짜리 같은 거는 많이 먹힌다 카이. 운임이 십 키로짜리 같으면은 하여튼 십 키로짜리가 사백원 하는 것 같으면, 오 키로짜리가 이백원 해야 안 되나? 그런데 운임이 어떻게 나오냐 하면은 십 키로짜리 사백원 하면 오 키로짜리는 삼백원 한다 카이. 운임이요. 그래가 우리가, 생산자가 확실히 손해인기라. 그리 여러가지 이것저것 제하고 나면은 남는 게 없어요. 거기다가 외국에서 수입까지 되어 오니까 우리 같은 사람이야 지금까지 쭉 지어 왔고 하니까, 할 수 없이 이래 하는 거지만은 나이 젊은 사람 같으면은 도저히 수지타산 안 맞다 해 가지고 농사 안 지을려 한다 카이. (할머니: 네.

그때 포도농사 많이 했어요… 우리 제일 처음에 이사 와 가지고는 포도밭이 없었거든예. 논농사만 사 가지고 지으니까네. 그래 수입이 없데예.) 그때 포도 시세가 있었는데. (할머니: 그때 포도 한 다라이가 십만원이 넘어갔거든.) 그런데 지금은 포도농사지어 가지고는 적자라요. 지금 뭐 외국에서 포도 수입한다카이 그게 큰 문제라요. 지금. (할머니: 그때 포도 한 다라이 가져가면은예 십만원 돈 넘게 가와예[가져와요]. 한 다라이, 다라이 떼기로 담겼거던요. 다라이 떼기 담으마 십 키로도 담고, 구 키로도 담고. 우리 머리에 이고 가는 거는 그때 팔 키로씩 이고 가거든요. [고모동에서] 고무 다라이 여기에 이고 가면은 칠성시장 거기까정, 대구역에서 내려가 칠성시장까정 안 이고 옵니까. 그때.) 팔 키로 같으면은 고무대야 뻘건 거, 한 가득이라. (할머니: 이래 올라오지요. 많이 담으마. 십 키로도 담고, 십일 키로도 담고 그건 차에 얹어가 가고, 이고 가는 거는 운전비 안 줄라고요 이고 가고. 아침 일곱시에 기차 타고 번개시장에서 거기 대구역 내려 가지고 칠성시장 가서 거기 상회 갔다대요. 우리들 이고 쪼매씩이고 가서 상회 갔다대면 전부 니아까(리어카) 장사들, 그런 사람들 사가 가고 그라데요. 우리 이고 갈 때만 해도 그럴 때는 직거래 그런 거는 없었고, 그래그래 세월이 좀 지나서 장사꾼들이 마실에 사러 오고… 그라고 차에, 한 다라이에 가지고 가마 다라이 띠기 하거든요. 한 다라이에 오백원씩 주마 얹어가 그랬거든요. 그라고부터는 좀 수월해져 가지고 안 이고 댕겼지요. 맨 처음에는 이고 다니다가, 점점 사람들한테 (포도 상인들한테) 알려져서 포도밭까지 직접 사러 오고, 차로 바로 실고 가고 했어요. 차 있는 사람은 운임 먹을라고 사러 오고, 차 가지고 많이 나가니까 [더 이상 머리에] 이고 안 나간다 카이. 그르이 그때는 포도농사가 참 효자농사였지요. 아이고 포도농사 그거 있는 사람은 참 그거 했어요(괜찮았어요).) 포도농사 아이었으면 자녀들 교육 그 정도 못 시켜요. (할머니: 그때는 논에 포도나무 숨구지도(심지도) 못했지요. 박정희 대통령할 때, 쌀 부족한 때라 논에는 무조건 벼 심어야 돼요. 어떤 사람들은 포도나무 심었는데 관에서 뭐라 캐사 가지고 못[포도] 숨구고 다부 포도나무 캐고 그래 가지고 논농사하고 했어요.) 절대농지 그거는(거기에는) 못 숨갔어요. [포도]나무는 못 심었어요. (할머니: 근데는(그런 곳에는) 저 비와야 모 숨구지. 비 안 오면은 모도 못 숨구는데 근데는 포도나무 숨구면 못 숨구게 해 가지고 캐 내고 모 숨구고 허허허. 지금은 하기나 말기나 하지만은 박정희 대통령 할 때야 어디 마음대로 농사지었습니까? 못 지었지 뭐. 나라에서 지어라 하는 대로 지어야지.) 그 당시에는 식량이 부족하이 정부시책이 잘못이 아니라. 그거는 국민이 먹고살기 위해서 지어야 한다는 거라. (할머니: 방앗간에 가서 방아를 찧으면은 칠부 이상 더 못 찧게 하잖아요. 비늘 옳게 까지도 못하도록 그래 탈곡을 하도록 하더라니까요. 지금 이야 뭐….) 지금은 식량이 남아돌아 가는데, 뭐

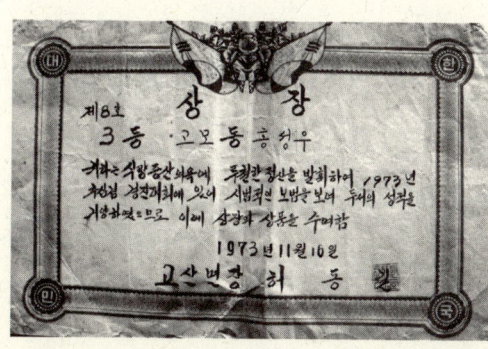

고모동으로 전 가족이 이주해 온 첫 해, 고산면에서 개최한 추심경(秋深耕) 경진대회에서 받은 상장.

인자 모를 안 심어도 말을 안 하고 있지. 그때는 좌우지간 정부에서 하라는 대로 해야지. 벼도 처음에 통일벼 심구고. (할머니: 네. 많이 나는 거.) 수확 많이 나라고 통일벼를 심고 했는데, 통일벼 실제로 밥맛이 없거든. 그래도 수확이 많이 나야 하니까네. 인자 배 안 굶게 된 게 통일벼 나오면서부터라. (할머니: 지금은 어야던동(어떻게 하든지) 농약 안 치고….) 그렇지.

추심경 경시대회라는 사진이 있던데, 어떤 대회지요?

지금은 그래도 그때는 경운기 없었다. 연도 수 없나? 칠십삼년도네. 그때는 경운기 없었다. 소로 다 밭갈고 했지. 내가 이 동네 이사 온 핸데, 그땐 하여튼 경운기 없고 농사는 소로 다 지었는데, 소 가지고 전부 논밭을 갈았다니까네. 그때 여기 고산 인근에 농민들이 가을 추수하고 논 갈아엎는 추심경(秋深耕) 대회를 했는데, 소로 빨리 논갈기 하는 대회 나가서 상품으로 그래 삽 한 자루 받았어. 삽 한 자루.

4. 이제 고향으로 돌아가야지

고향이 한 번씩 문득문득 떠오를 때가 있다카이

잊지 못할 고향이라카는 기 이게 말이지 한 번씩 문득문득 떠오를 때가 있다 카이. 왜 그러냐 하만 객지생활을 해보면 처음 객지생활 할 때 굉장히 생각을 많이 했다 카이끼네. 어떤 사람은 내한테 침입해 들어오는 사람도 있고 말이야, 어느 정도 위로해 주는 사람도 있고, 진실로 대하는 사람도 있고, 친절하게 대하면서도 이용할라고 말이야 친해질려고 한 사람도 있고 말이야. 여러가지 여러 사람이 다 있어. 보통사람들 생각으로는 여기가 그래도 지금은 행정적으로는 대구에 들어가 있지만 농사짓고 사는 거는 다른 시골과 마찬가질 꺼다. 인정이라 칼까 인심이 그래도 좀 시골 인심이 남아 있을 꺼라고 생각하는데, 오히려 여기보다 시내가 낫다 카이까네. 그렇지 시내 같은 경우에는 이웃 간에라도 터치하는 사람도 없고, 터치 안 하고 내대로 살면 되는데, 여기는 그기 아니라 하니까 여기는 시골도 아니고 시내도 아니고 말이야, 여기는 여러 성씨들이 섞여서 많이 산다 말이야, 참 [새뢰 들어오는 사람도 많고 말이야. 지금은 그렇지 않지만 옛날에 사람 마이 살 때는 술자리에 가면 의리도 없고 그랬어. 실지로 술집에 가면 술 먹고요 젊은 사람들이 나이 많은 사람들한테 막 공격하고, 들고 욕을 하고. 끝판이야. 아주 무촌이야. 완전히 도시도 아니고 시골적인 정서도 남은 것도 아니고, 시골에는 가만 하여튼 예의를 찾고 말이야 그러는데 여기는 절대 그런거 아이라. 오히려 도시의 나쁜 습성 이런 것만 많이 남았고. 내가 여기에 와 가지고 한 이십 년 동안 신경을 많이 썼단 말이야. 야 [타향이] 이런 곳이구나! 마음고생도 마이 했지. 그래가 앞으로 잘해야 되겠구나. 뭘 해도 잘해야 되겠구나 하는 생각을 가졌지. 이용하려는 사람들한테 어떻게든 이용당하지 않으려면 말이지. 사람들한테 이용당하고 그런 거는 없어요. 뭐 자꾸 나쁜 길로 포섭할라고 말이야. 당연히 그땐 술 한 잔 먹고 노가다 다닐 때 치고 받고 싸우기도 했어. 실지로 약하만, 힘이 약하만은 자연히 포섭되어 뿐다 카이끼네. 그래서 내가 그때는 많이 싸웠어요. 그라고 내가 왜냐하만 또 배경이 좀 있기 때문에 함부로 못했어요. 옛날에는 여기 전신에 도박하러 곳이라. 지금은 인자 그런 사람 없어. 지금 일절 이자 [도박] 안 한다. 그 당시에는 주점에[14] 거 마 육방시이 피 놓고 [도박을 많이 했는데] 그래 인자 지금은 일절 없다. 왜 없나 하만은 외지 사람이 다문다문(가끔씩) 들어오고, 지방 사람이 인자 상대가 없어 놓이 [더 이상 도박이 없지]. 처음에 여 왔을 때는 참 정이 별로 안 들었어요. 푸근한 마음이. 그래가 한 이삼 년 있다가 딴 데로 옮길까 이런 생각도 마이 했다니까네. 그런데 마 옮길 수가 없는 기라. 농지가 있기 때문에 참 옮기기가 힘든 기라. 그래가 마 야 이래가 안 되겠다 해가 마음을 타악 크게 무찌(먹었지). 뭐 보통 생각을 안 했다 이카이. 그래 가지고 하이튼 마음이 변함없이 나가야 된다 카이. 마음의 변동이 없어야 돼. 마음의 변동이 있으면 그기 약점이 된다 니까네. 절대로 원리원칙대로, 내 성질이 그렇거든 원리대로 타악 변함없이 나가야 실패 안 하지. 내가 실패하는 거 듣기 싫어. [정도에서 벗어나는 일은 치아라(치워라). 그런 얘기하지 마라, 그랬지. 정확하이.

우리 둘이는 삽짝 밖에도 같이 나가 본 적 없어요

결혼하시고 난 뒤에 두 분이 이사를 와 가지고, 할아버지 늘 노가다도 하러 다니시고 그럴 때, 할머니 생일은 잘 챙겨 주시던가요?

(할머니: 하이고 생일이 어디에 있습니까? 아이구 이자 아이들 크니까 생일이 있고 하지만은, 그때는 우리 생일도 챙겨먹을 형편도 못 되었어요.)

따로 두 분이서 여행을 다녀오신 적은 있습니까?

(할머니: 여행을 갔는 것도 없고….) 여행은 환갑 때 제주도 갔다 온 거 있어. 우리 동갑 계원들. 제주도 가가 사진 찍은 거 있지. 그게 환갑 때라. (할머니: 동갑계에서 갔다 왔는 거지 뭐. 우리 둘이는 삽짝(대문) 밖에도 같이 나가 본 적 없어요. 어디 놀러 갈 그런 형편이 못 되니까 그렇지요.) 경로당에 인자 놀러 다녀요. 경로당에서 일 년에 한 번씩 놀러 다닌다. (할머니: 경로당에 가도 뭐 모이 가지고 그렇지 뭐. 어데 개인 대 개인으로 가나 뭐. 허허허.)

노인회 총무를 맡고 계시다는데 예산은 어떻게 마련하지요?

여기가 수성군데, 수성구라도 수성구청에는 예산이 있더라도, 우리 노인복지 지회에는 예산이 크게 없다니까네. 수성구청에 작업진도를 보고해 가지고 수성구청에서 대구시로 서류를 올려서 시장이 결제를 해주지. 돈은 뭐 표창 타고 해가[좀 마련하고. 돈은 초기 봄에 이십만원 나오고 이번에 삼십만원 나와 오십만원 받았는데, 우리가 들어가는 경비가 오십만원 들었다니까. 우리가 청소하고 도구 구입하는 데 한 오십만원 들어갔어. 그러니 마 예산이 빠듯하지 뭐. 그래도 그 정도로 나왔으니까네. 그래도 달서구 하고, 대구 북구하고, 우리 여 고모동하고, 세 개 부락이 모범부락에 선정되었는데, 우리 부락이 일등이 되어서 그래서 돈 삼십만원이라도 나온 기라. 그래도 뭐 경로당 일 지금 한 번씩 보고 그래 노이 바쁘다 카이. 요새는 한가한 시기는 시긴데 놀 여가 없어요. 집에 놀면 또 너무 궁금하고, 이십일 대한 지나고 나면 또 꼬추밭에(고추밭에) 접 붙여야지. 일로 해야되지. 집에 가만 있으면 몸에 피로가 와요. 활동해야지. 경로당에는 뭐 요즘 하는 일이 그리 할 일은 없는데, 그래도 그 뭐 매일 조금 떨어져 있으이까네 부인네들이 거의 놀거든, 남자들이 몇 이 안 되니까 가도(가지도) 안 하고. 한 달에 한 번씩 월말 점심식사 회식이 있는데 그래 인자 회의 같은 거 진행하면서 앞으로 인자 진행할, 나갈 이제 그런 수의도 하고, 농사짓는 그런 얘기도 하고 [그렇지]. 이십사일 내지 이십오일날 양일로 이래 해가 일요일 되면 안 되고, 이십사일로 인자 했는데 일요일이 딱 되든 공휴일이 되면 교회 가는 사람도 있고 해서 양일로 회식을 하지. 회식은 인자 우리 역(고모역) 앞으로 [가서 하끼 밖에 안 갑니다. 고작 한 번씩 일이 있으만 나가고 기름 보일러 이거 때문에 동파 안 받도록 해야 돼. 항상 관심을 둬야 한다니 카이까. 그래서 한 번 씩 내려가서 보고 그래가 그기고 뭐 크게 뭐 경로당에서 크게 바쁜 건 없어. 하루 종일 농사철에 농장 농사일 있을 때는 바빴는데, 인제는 [마을

마을 노인회 총무로도 열심히 활동하고 있는 구술자. 열심히 노력한 덕분에 모범경로당으로 선정되어 포상금도 받았다. 뒷줄 오른쪽 두번째가 홍성두.

공동 농장도 내년에는 못할 기고. 하면 일이 할 게 많고, 한 번씩 인원 동원시킬라 카이끼네 힘들어요.

나이 드니 문중 일에도 신경이 쓰여

고향에는 한 번씩 가시나요?

인자 조상 산소 돌보고, 벌초하러 한 번씩 가지요. 집안 친척 종손이 객지에 나가 있어서, 지금 어딘가 하이 마산에 가 있는데 외동이라. 그래 그 묘사에 참석 안 하고. 전에 인자 그러니까 그 밑에 아제뻘 되는 그 아저씨는 묘사 참여했다니까. 종손이 참여해야 하는데 종손이 행사를 못하니까 차손이, 내 제종숙 어른이 [참여했지]. 참 우리 문중 가보를 전부 그 어른이 다했거든 차종손이. 종손은 객지에 나가서 뭐 대사에 참여도 안 하고 이래서 차종손이 종손 역할을 했지. 내 제종숙 어른이. 그래가 지금 삼년 전부터 우리가 문중 보첩을 했다니까네. 그런데 우리는 연락이 되어서 보첩을 하게 되었어. 우리 홍가들, 어디서 인자 그기 있나 하면 서울이라 서울. 서울에서 전부 연락해가 보첩을 했다니까네. 제일 먼저 군위부터 연락을 많이 하거든 서울에서. 그래 군위에서 인자 받아서 우리에게 연락을 하는 기라. 그래서 우리한테 연락이 왔는 기라. 보첩 해야 된다 하면서. 그런데 마산에 거 [종손은] 묘사에도 참여 안 하고 길흉사에도 참여 안 한다고 말이라. 그러니까 뭐 보첩하는 데 돈이 이십이만원인가 그케. 아무도 안 할려 생각이 없다니까. 그래 내가 안 된다 지금 니가(종손이) 낙오되어 버리면 앞으로 하기도 힘들고 해야 된다. 그래도 잘 안 낼려고 한다. 그럼 [내가] 내가 내 줄 테니까 내꺼 하고 같이 온라인 붙여주께. 그래 사십사만원 부쳐 주고 그렇게 해서 [보첩을] 했단 말이지. 그렇게 해 가지고 책을 찾았는데, 인제 그 책을 청도 내 사촌이 찾아서 내한 테 전화 온 기라. 삼종 동생 ㅇㅇ가 있는데, 객지에서 돌아다니다가 술이 골탕이 되어서 사는 것도 형편없이 사는 기라. 자기 누나가 그 근처에 같이 가가 [살고] 있었거든. 자기 누나가 보조 역할을 해주고 있는데. 그래가 책을 굳이 보내 주면 저거 뭐 돈 찾아가 굳이 보내 주겠다 했는데 그래가 붙여 보내 줬는 기라. 붙여 보내 준 책을 참 받아 보니까 반갑단 말이야. 그래서 자기 누나가 내한테 전화가 왔어. 그래 고맙다고 자기 누나가 말이지. 오빠 아니면 이거 못할 긴데. 그래가 돈을 오빠한테 부치 보내주까 청도에 보내까 하니까 청도 굳이 보내지 마라 굳이 보내지 말고 내가 돈 있으면 가가 찾아오면 된다 그랬지. 아주 지도(자기도) [보첩을 해줘서] 반갑다 말이다. 객지에 나가가 안 그래도 말소되어 버리면 힘들다 하니까. 그래가 하여튼 그래 [보첩을] 안 했으면 [족보에서] 낙오되었지. 그래가 해줬어. 그거 뭐 안 하면 안 된다 말이다. 그리고 우리는 해줘야 하는데 그래 해주고 나께네(나니까) 마 카는 기라 사촌 형님이고 내 삼종 동생이고 뭐 형님 때문에 잘했다는 이런 생각 가지고 있다니까. 저거가 그냥 즐겁게 살까 봐. 그래 남이 해도 해줄 긴데 [내가 해준 거는 당연하지 뭐].

결혼식 때도 고기 마음대로 배부르게 못먹었어요

옛날에 비하면 요즘 세상 어떤가요?

지금 옛날 보다 살기 안 좋습니까? 살기 좋을 때라. 왜 그라면은 그 당시에는 없는 사람들 옷도 헐벗고 못 먹고 해 놓으니 굉장히 영양실조 같은 [병에 걸린] 사람이 많았다 카이. 그런데 지금은 먹는 거는 말이지요

[필요하면 얼마든지] 몇 년 양식 팔거든. 그라고 근본이 인자 고기도 많이 혼하니까, 헐커든요(값이 싸거든요). 없는 사람들 고기도 자주 먹고, 있는 사람들한테 가마 아무래도 고기 먹을 수도 있고. 그래 뭐 행사에 가마 고기는 혼하니까 뭐. 요즘 결혼식장 가면 고기 혼하게 먹잖아. 그런데 예전에 집에서 구식으로 [결혼식] 할 때는 고기 마음대로 배부르게 못 먹었어요. 일부 [잔치집에서] 국 끓여 가지고 국이나 먹고, 찌찜(부침개)이나 부쳐가 먹고 그렇지. 고기 같은 거, 육류는 없었다 카이 지금은 돼지고기가 혼하지만. 요즘은 돼지고기 같은 거 심하게(많이) 먹잖아요. 그게 한가지 없는 사람인 데는 좋아요. 그래 그 당시에 어른들 이랬거든. '없는 사람 부지런만 하면은 먹는 거는 뭐 충분히 먹는다. 부지런히만 하마. 게으른 사람은 먹는 것도 못 먹는다.' 지금 그런 시기라. 부지런하기만 하면은 얼마든지 지(자기) 먹고 싶은 거 만족하게 먹을 수 있어. 입는 것도 말이지. 시장에 가면 혼하지 않소. 말짱한 거 있잖아? (할머니: 아이들 말하는 메이커 있는 거 그런 거는 요새 이삼천원씩만 주면은 바지 하나 살 수 있는데.) 그때에 비하면 살기 좋아졌는 택이라. 그런데 우리나라 실정이 어떻게 되노 하마. 발전이 너무 급속도라. 무식한 우리가 생각해 볼 때도 그래. 왜 그런고 하마 정치인들 부정부패 이건 말할 필요도 없는 기고. 하여튼 우리 생활수준이 왜 이렇게 가속이 되었노 말이지. 원인이 왜 이렇노 말이지. 우리도 생각을 많이 해본다니까네. 우리 자녀들 두고 있는 사람들은 생각을 안 할 수가 없는 기라. 그래 카드라 하는 거 이거 말이야. 카드 이거 불량 카드 말이요. 좌우지간에 카드 이거는 말이지. 완전히 마 거시기는(없애지는) 못해도 한 사람 앞에 하나씩만 가지도록 그래 가지고 (할머니: 카드도 잘 쓰마. 돈 벌인다.) 잘 쓰고 못 쓰고 하여튼

그거를… 범죄가 많이 생겨, 카드로 주로 보면 말이지. 텔레비전이나 신문 같은 걸 보마 카드로 범죄가 많이 생긴다 카네. 그게 돈도 되고 안 할 수가 없는 기라. 그리고 의료보험 있잖아. 의료보험 이기 실지로 농사짓는 우리한테는 말이죠. 그 예외로 보는 기라. 공공요금하고 의료보험하고 실지로 한 달에 우리 수입보다 더 많이 나간다니까네. 수입보다 지출이 많다니까네. 우야던동 의료보험하고 전기요금, 전화요금, 수도요금 지출이 많아요. 옛날에는 나무 해가, 화목 때가 밥을 해 먹었는데, 지금은 뭐 가스를 쓴다던지 말이지. 다섯 가지 아닌교? 다섯 가지 이것만 해도 농촌에서 [생활비가] 부족하다니까네. 좌우간 얼마 농사지어 봤자 농비 털어 놓고 나면 돈 얼마 안 되는데, 그것도 부족하다 말이지. 애들한테, 자녀들한테 도움을 받아야 된다 말이지. 이만치 노력, 적극적으로 노력을 해도 자녀들한테 도움을 안 받고는 우리가 생활 유지 못한다까네. 그런 형편이라요.

이제 고향으로 돌아가야지

앞으로 고향에 다시 돌아가고 싶은 생각이 있으신가요?

그런데 옛날에는 지금은 사회생활을 참 많이 하고 성공하는 사람도 많고 지금 현대로 봐서는 사회에(도시에) 나가야 된다고. 사회에(도시에) 나가야 빨리 출세를 하는 기라. 출세의 길이 더 빠르거든. 그르이 지금은 전부 자제들이 도시로 나가잖어. 어떻게 될라나 모르겠는데, 나간 사람이 성공했다고 보는 기라. 그러니까 지금 농촌에 자꾸 인원이 줄어든다고 하는 기라. 살 길이 또 자꾸 나빠진다 카이까네. 그러니 전부 사회로(도시로) 나갈려고 하고 사회에(도시에서) 자녀들 공부시키는 편이

1967년 용산 친목 계원들과 함께 찍은 사진. 고향 청도국민학교 동창들 중 약 50명
정도로 모임을 결성했다. 당시 청도읍내 7개 부락의 모범 청년들이 주축이 되어
일 년에 한 번 모임을 가졌다.

낫다. 그러이 [농촌 인구개] 사회로(도시로) 쫙 빠져나가는 기라. 대도시에 인구가 밀도돼 가지고, 지금 살기가 앞으로 더욱 힘들지 않나. 일단은 인제 출세라든가 돈 벌려고 도시로 나왔다가 어느 정도 나이가 들면 자기가 나고 자란 고향 생각이 든다니까네. 고향 가야만 마음의 피로가 덜해 마음이 편하고. 객지에 있으만은 내가 손수 벌어 가지고 먹고 지낼 정도면 있어도 괜찮지만 한 육칠십 내 나이쯤 되면 자연히 고향 생각이 나요. 내가 앞으로는 지금 아직까지는 내가 농토를 가지고 농사를 짓지만, 내가 힘이 없어 가지고 농사를 못 지을 때가 되면 고향 생각이 탁 나요. 내가 고향에 가야지 이런 생각이 자꾸 떠올려. 나도 이제 일 못하게 되면 고향인 청도로 가야지 하는 그런 마음이 있어요. 반평생 여기 살았지. 삼십 년 넘었거든. 칠십삼년도에 여게(여기에) 왔거든. 내 나이 마흔에. 지금 삼십 년 넘었다니까 반평생 여기서 살았는 기라. 그런데도 고향 생각이 문득문득 날 때도 있다니까네. 왜냐하면 아아들들이(자식들이) 여기 있으면 괜찮을 낀데, 지는 지대로 독립해서 살고 [있으니까. 그래도 만약에 내가 말이지 부부 간에 있다가 누가 한 사람 먼저 간다 말이다. [그러면] 자녀들이 [큰]일을 어떻게 처리를 하겠노 말이다. 이런 생각도 들고 고향에 가면 산도 있으니까. 어 그래 선산이 있으니까 가까운데 있으면 안 좋겠나 이런 생각도 든다니까네. 지금 앞으로 그래 할 예정이고. 그래서 고향에 시간 날 때 한 번씩 가서 선산도 한 번 둘러보고 [내려가면] 노상(늘) 벌초 다 하잖아. 그래 나도 인제 얼마 안 있으면 이리로 와야 겠구나 이런 생각도 들고. 왜냐하면 여기도(고모동) 집안 사람이 몇 집 있으면 괜찮은데 집안 사람이 없거든. 외가가 있지만 외가도 남이나 한가지라. 생전에 외가지만 내 후손으로 내려가면 외가는 멀어진다고. 정이 자꾸 멀어진다고. 그러이 왜냐면 고향 가 가지고(가서) 가까븐 데(가까운데), 선산 가까븐 데 자녀들도 [산소 찾아와서] 일하기 좋고, 앞으로 그래 내가 생각하고 있어요. 거기는(청도에는) 아직도 일가친척들이 좀 있어요. 그라고 친구들, 옛날 내 친구들이 말이야 여기 친구들하고 다르다 카이끼네. 깊은 정이 아직 있다 카이. 깊은 정이 있고. 그때 자꾸 들어오라 카고 이사하라 칸다 카이. 그런다이까네. 사실 고향이, 왜냐하면 잊지 못할 고향이라 카는기, 이게 말이지 한 번씩 문득문득 떠오를 때가 있다 카이.

5. 부인 도분남 할머니의 구술

약만 치마 막 성질을 낸다 카이깐

일할 때는 할머니도 할아버지랑 같이 일을 쫌 많이 하시는 편입니까?

그믄(그럼) 같이 안 하믄(안 하면) 우얍니까(어쩝니까). 둘이뿌이께
(두 사람뿐이니까). 안 하믄 몬하는데. 어제도 약 치는데 내 머 약 치마 막
신경질내고 막 가함을(고함을) 지르제. 머머 머라 카는데(무슨 말을 하
는데) 귀가 이래서 때문에 듣기지도 안 하제, 기계 봐야 되지, [농약 치는]
줄 붙들어야 되지, 줄 땡기야(당겨야) 되지. 줄 그거 우예가(어쩌다가) 발
에 걸치믄(걸리면) 또 막 머라 카제(소리지르지). 그래 또 기계 또 머머
기계 우야만 가이가(가서) 또 기계 봐야 되제. 그래 내~ 쫓아댕길라 카이
께내 힘들어예. 그전에는 그렇게 안 그런데 올개는 또 기계도 인자 [농]약
기계 하나 샀다. 아래 번에 약 칠라고 기계를 뜩 채리 놓고(설치해 놓고)
인자 집에서러 시험한다고 보이께내 아침에 볼 때 기계 곤치 가지고(고
쳐서) 그게 십몇만원 주고 곤칫는데(고쳤는데) 무신 앞에 물 두어 번 폈
는데 올개(올해) 그거 할라고 약 칠라고 하다 보이께내(하다 보니까) 물
이 줄줄줄줄 흐리잖아예. 어 그래 가지고 머머 우예 하노 기계를 머 암만
그래가 머 고무줄로 쳐매 바도(꽁꽁 묶어 봐도) 안 되데. 그래 가지고 인
자 그거 여아는 그 집에서러 차 좀 가 가지고 약 좀 하나 사 가지고 와야
되게따 카매 그래 그 집에서 차를 빌리가 그래 인자 [농]약 기계 사가(사
서) 그래 와 가지고 저 채리가 하제. 기계 샀는 지 오래됐지예. 한 이십 년
안 넘었겠나. 이십 년쯤. 인자 기계도 오래돼 놓이긴예예, 기계도 한 이
십한오 년 돼 놓이긴에 자꾸 털털거리고 머 연기 나고.

약 치는 기계를 새로 사면 또 그 새로 산 기계 아까워서 일을 계속 해

야 될 거 아닙니까?

예. 그러이께 그 약 기계 사면 우짤 수 없이 계속 또 농사지야지요. 약 기계 그건 또 돈이 삼십만원 돈 이두만은 이십구만원. 그거 또 아래 번에 돈 가가 가(가지고 가서) 돈이 작아 가지고 돈을 붙이 돌라카든데(부쳐 달라고 하던데) 어제 아(아들) 왔을 때 마 잊어뿌고 몬 부쳤지. 붙이 줘야 된다. 아이고.

일하시면서 할아버지 힘들고 하니까 화도 좀 내고 고함도 치고 하십니까?

아이고 원래 성질이 좀 괄괄해 가지고예. 그래 약만 치마 막 성질을 낸다카이깐. 약만 치만 왜 성질을 내냐 하면 약이 독하잖아예. 독하이깐에 신경이 막 곤두서 가지고 막 쪼매 그 하마 마 그래 막 열로 내고 눈이 벌렁거리고 약대 들고 막 머라 캐사코 그카잖아예. 성질 말도 몬하지. 말도 몬합니다. 예 좀 참아가 몬 있고. 그기 또 자기 하고 싶은 거 해야 되고. 머 자기 하는 건 해야 되지 쪼매 머머 그거 하마 머라 캐사미. 보통 보면은 남자들 나이가 한 머 한 육십대 넘어가면은 성질이 쫌 죽는다 카던데, [할아버지는] 성질이 안 죽잖아예. 성질이 더 괴팍스러워지는데예. 그래 내가 머카마(뭐라고 하면) 막 여자소리가 이자 막 돛대로 논다고 머라 카고 (잔소리하고). 하이고 세상이. 아레번엔더(아래께는) 치과, 내가 이가 아파 가지고 또 치과도 댕기고 병원에 댕기고 이노무 머머 침 맞으러 댕기고. 내(늘상) 요새 [치과에] 쫓아댕기는기 일이다. 그래 가지고 아래 번에 치과에 갔는데 치과 거서 서울에서 왔다 카미 이 빼러 그란다 안카나. 저 저 그 아주무이가(아주머니가) 그케 나이도 그렇게 안 많투만은 한 오십 됐으까 그렇투만은. 그래 세상에 서울에서 여 어텐데(어딘데) 여로(여기까지) 이로 빼 가지고, 이 해여로(넣으러) 오는 거는 그거 하지만은 이를 빼 가지고 여서를(여기서) 치료 할라 카믄 얼마나 걸립니까. 이 한 개를 빼도 몇 번을 댕기고 머 한 스무 번도 서른 번도 더 댕기는데. 이를 인자 첨 보이 인자 이를(이가) 몬 생깄두만은. 앞니 그거를 인자 다 빼고 다 안 심안니껴(새로 심었어요). 서울에서 올라카믄 거도 두 시간 세 시간 댕기야 되고 걸리고 여개 서러 그거 하면은 머 한 시간쯤 더 되며 온다 카데에 고속전철 카믄서 그거. 그래 머 한 시간쯤 더 걸리믄 된다 이카미. 그래도 저저 두 시간 안 돼나 일곱시 몇분에 탔는데 그래 여 오이깐에 아홉시 그때 아홉시. 동대구서 머 택시를 타고 왔던동 버스를 타고 왔던동 그래 내 앞에 아 내 뒤에 왔드라. 나는 인자 아침 일찍 가 가지러 버스로 가 놓이껜에 여서 버스로 가 놓이께네. 그전에 이래 다리 안 아플 때는 이레 걸어 댕깄는데 다리가 아파 가지고 몬 걸어 댕기고. 아침에 여덟시 이십분 차 고걸 타고 가이껜에 고기(그 버스가) 빨리 들오마 좀 일찍고 그게 늦게 들오마 늦고 글타까이께네. 그래 내가 인자 내가 병원 앞에 가가꼬(가서) 바라코(기다리고) 있으이껜에 들오라 안 카나. 그래 그 아줌마 말이 요새는 남자들 육십만 되믄은 영감 죽으라 칸다 카데. 하 그럴 수가 어딨노. 내가 안 카나 인자 영감 실컷 젊을 때 돈 벌어 줘 놓이껜에 나 많은 깐에 죽으라 카고. 저저 머고 이사 갈라 카마 영감이 해나(행여나) 띠(떼어) 놓고 가까 싶어가 보따리 자테(옆에) 가 가지고 짐 같에 가가 딱 숨어 있다 안 캅니까. 서울에는 그게 유행이랍니다. 하이고 그런 게 어딨노. 내가 캤다. 젊을 때 실컷 돈 벌어 줘 놓이껜에 인자 여자들 나라가 돼 간다고. 어데 가도 여자가 안 많습니까. 전신에 과부고 하이고 그래 혼자 사는 사람은 마음대로 마마 맘대로 지끼고(이야기 하고) 맘대로 하고 마 하이껜에 막 더 기가 나잖아예 영감님 살았으믄 그렇게 모하는데…

그래도 옛날만큼 달라 가지고 요즘은 안 사람들 목소리가 많이 높아졌어요

이그 머가 달라지예. 달라지는 사람은 달라지지. 머 달라지예.

할아버지 성격이 다른 사람들 하고 쪼금 유별나서 할무이가 좀 힘드신 모양이지요?

그러이 자꾸 이른다 안 캅니껴. 그래가 신경이 그케 가지고 지금 가슴이 화가 막 그거 해 가지고, 그러이 심장이 자꾸 뛰고 자꾸 심장이 약하다 안 캅니까. 머 것은 거 잘 놀래고 막 가슴이 막 펄떡거리고 말할라 캐도 자꾸 말이마 펄떡거리 말이 안 나온다 카이. 그래 진맥을 하이껜에 그렇다 카데. 그래 화가 마이 들어가 그렇다 카이. 화를 풀어 내야 되지. 약한 접 묵어 봐야 아무 그기 쪼금 머 낫다 캐야 되겠나 머 그냥이라 캐야 되겠나 그렇두만. 그래 영 곤치지는 몬하는데, 이 허리 이게 아파 가지고 이렇게 머 일하마 허리가 아파 가지고 머를(무엇을) 들지를 몬한다. 저 가이(가서) 흘(흙) 담는데 저도 거들어 줘야 되는데 이설 상자 이걸 들어 만치야 되는데 이거를 들어 만치지를 몬하겠어예. 여름에 포도 딸 때 내 우야꼬 압니까. 포도 따 가지고 그거 상자에 그거 인자…. 오새는(요즘은) 그거 오 키로짜리 그기거든예. 그전에는 십 키로짜리 박스지만 오새는 오 키로짜리 박스 그거 담아 가지고 인자 또 저울에 얹어 놨다가 보고 오 키로 되마 또 갖다 동개야 되잖아. 여 인자 열 개든지 스무 개든지 사십 개든지 동개야(쌓아올려야) 자리가 덜 차지하잖아. 그래 그거 들어 만질라 카믄 허리가 안 피입니다. 열 개 이상 더 몬 담겠는데 머 허리가 안

피가(안 펴져서) 올개는(올해는) 허리가 아파가[15]…. 일은 자꾸, 몸은 자꾸 줄어지고 일은 그냥 해야 되고. 지금 인자 밭에 까는 거예 꺼먼 거 까는 거 안 있습디까. 그거 인자 걷어 놨는데, 그것도 인자 늡을 해가(사람을 들여서) 하든동 피든동(펴든지) 피야 됩니다. 풀 안 올라오라고… .

손 들마 여자들은 잘 태아 준다. 남자들은 씽씽 달리고

택시 운전사들 여기 잘 들올라 그랍니까?

여는 [차] 안 끊기예. 그전에는 끊깄다 카이깐에. 잘 그거 하진 안 해도 그래도 [택시에] 올라 앉아가 고모역에 가자 카믄 말없이 가죠예(가 줍니다). 요새는 갑니다. 그전에는 안 갑니다. 옛날에는 서울 가 가지고 예식장 같은 데 갔다가 밤 늦게 오잖아예. 밤 늦게 한일극장 앞에 내려놓으면 택시 천지 못 잡습니다. 열한시나 돼 가지고 나오면 전신에 골목골목에 택시 탈라고 나오지예 못 잡는다 카이깬에. 그래가 우예우예 해 가지고 돈을 배로 주지 머예. 배로 주고 고모역에 가자 카면 그땐 고모역이 좀 외지고(외딴 곳이고) 그랬잖아예. 그래 놓이 안 들올라카지 머. 만촌 거기 내려서 걸어 들오잖아예 화장터는 있고 구치소는 없을 때. 잔치 갔다 오고 카믄 여럿이 되니까 그래 걸어오기도 했고. 근데 지금은 우리 절에 방생 가 가지고 열시나 이래 돼 가지고 택시 잡으면 말없이 와요. 암말도 안 한다. 그전에는 올라 소리 안 하는데 요새는 말없이 온다 카이. 그래도 여는 시내고 캐 가지고 요금 그거(미터기) 보고 주지. 우리가 머 더 주나. 그리고 잔돈 몇십원 몇백원 카는 건 그거는 우리가 나두라 카는 사람도 있고 받는 사람도 있고 그냥 나두라카지머. 오늘도 버스 운전수가 생지랄을 하자나. 기름값도 안 된다는 둥, 흙을 치우든동(치우던지) 안 하고 다리 한다고 쌓아 놔가 [운행에 지장이 많다고] 버스 운전사도 투덜거립니다. 인자 고산 바로 가는 구백십번 탈 걸 [모르고] 고모 들오는 걸 타고 오면 [바로 가지 않고] 두리잖아예. 둘러 놓으면(돌아서 가면) 시간 쫓인다고 손님도 막 머 그렇 쌌는다…. 그거 하나만 기다리니까 시장 갈려도 고모 들오는 버스 들오마 얼마나 얼마나 기다리는데 하나 빼무 뿐다(한 대 건너뛴다). 빼묵어 뿌마 열두 시, 한 시 되잖아예 그래서 할 수 없어가 다른 차 타고 와 가지고 택시 타고 그래 오잖아예. 일반 승용차 다니는 거 손 들어가 세워가 타고 하면 되는데 그전에는 잘 태워 줬는데, 지금은 잘 안 태아 준다. 두 번 시 번 손들라 카이 미안코 그래가 택시 오마 택시 타고, 택시 안 오마 할 수 없이 자가용 손 든다. 손 들마 여자들은 잘 태아 준다. 남자들은 씽씽 달리고. 글코 파크호텔로 이리 넘어가는 사람 오늘도 아주머니들은 아이고 허리가 아파가 집에까지 걸어 갈라 카이 차도 마이 댕기고 카이 도저히 못 걸어가겠제. 뒤에 차가 와야 되지 앞에 차가 와야 되지 질은(길은) 좁지예. 사람 댕기는 인도 질만 있으마 댕기는데 인도 질도 없지예. 택시 안 타마 자가용 얻어 타도 타야 되지 걸어 댕길라 카믄 겁이 나예. 일만 안 하고 뜻뜻한 데 눕었시만(누웠으면) 그거 한데(좋을 건데) 그래도 오새는(요즘은) 쪼매 낫십니다(조금 나아요). 일날 찍에는(일어날 때에는) 오만전신에(온몸이) 다 아프고 눕어가 일나지도 모하겠고…. 하루 마늘밭 매 가지고 껴 올리고 하루 포도밭 함 매고. 그래 매고 나이(나니까) 이 다리고 전신에 아파 죽겠어요. 약 한 자레(한 봉지) 무이까이 쪼매 낫고. 일로 자꾸 하지 마라 칸다. 집에 밥이나 해 묵고 집에 설 것이나 하고 그라지. 들에 [일]하고 집에 [일]하고 힘이 너무 들어가 모한다.

옛날 같으마 해주는 밥 얻어무야 되는데

할머니 올해 연세가 일흔이지요?

지금 [일흔]하납니다. 옛날 같으마, 일흔하나 같으마 집에 가마 앉아 가지고 해주는 밥 얻어 무야 되는데, 옛날 같으마 그거 하지. 밥 잡숫는 것도 힘들다 카지. 일을 줄이야 하는데, 줄일라고 올해 논도 두 마지기 팔았는데, 일 몬해가 팔았는 논을 그 논을 다부 붙입니다. 그 사람들이 포도한 상자 주고 붙이라 캅니다. 붙일라 카마 소개시킨 사람 줘 뿌지 만데 그거 붙일라 카노. 전지 다 해여, 밭 다 내났는데 일을 그만치 다 해 났으이 아깝아 가지고 올개는 붙이고. [새 논 주인은] 고산 있는데 아들이 일본서 돈 벌이 가지고 샀는 갑드라. 일본서 돈을 가지고 나와야 [매매 계약이 완전히 끝나는데], 인지(이제) 막대금도 아직 안쳤어요. 중대금만 쪼금 받고. 두 마지기, 사백 평이라에. 평당 삼천오백원씩 그랬는데, 머 소개비 없이 할라 캤는데 소개비 양쪽 다 띠 주고 하이 머… 돈 얼마 안 됩니다. 지금 팔았는 논이 참 몬생깄습니다. 우리나라 지도 맨치로 그래 생깄다 카이. 포도밭에 약 치는 게 지랄이고 줄 땡기는 것도 지랄이고 둘이가 하이 좀 낫는데. 그래가 어제 저녁 말에도 우리 아들은 아침에 빵 제과점은 일쩍 하이 맨날 오후에 온다. 포도 따러도 오후에 오고 집에서 만날 점심 묵고 그래도 힘은 되예. 싣고 오고 담아가 갖다 나르는 게 힘들어예. 한 번 [약] 치마 하루 걸립니다. 약 치마 날씨가 좋으믄 그거 한데(약 치기 좋은데) 비가 오고 이라마 [논이] 한 군데(곳에) 붙었는 거 같으마 니 군데나 시 군데나 댕기니깐에 비가 오믄 한 군데캉 섞어 뿐다(하나로 몰아서 약을 친다).

올개만 하고 안 한다 그카마 한 삼 년 더 됐지예

할아버지는 옛날에 젊었을 때, 약치다가 약 피해 본 적 있습니까? 그래서 약 칠 때 화도 내시고…

그렇지예. 옛날에는 마스크를 쩠나(꼈나), 갑바 그런 것도 안 입고, 들에 [약] 칠 때 공동으로 치는데 그것도 여간 아이라예. 이 사람 저 사람 바까 가미(바꿔 가며) 하믄 괜찮은데 고집이 시가(세서) 다리(다른 사람) 안 준다 카이. 뜨신(따뜻한) 국이라도, 고기라도 찌져 놓마(지져 놓으면) 그거라도 잠숫고 가믄 되지만은 술집에 가 가지고 라면 끓이 갖고 묵고 그래가 일하러 가고 어둡으믄 들오고. 그래가 이 년을 했다 카이간에 농약도 접 안 냈으예. 그기 새이고(쌓이고) 새 있는가 봐예. 그래가 화가 더 난다 카데. 그 원인이지 그 원인이라 카드만은. 농협에서러 농약 해독제를 준다 카두만 우린 그거 생전에 안 받았다. 통장한테 그카이간에 안 주데예. 다린(다른 사람은) 그거 타 뭇따(먹었다) 카두만. 약내가 나고 약

가을 햇살 아래에 모처럼 함께 사진을 찍은 홍성두 부부. 부부는 서로 닮아 간다는데… (사진촬영 이태우).

말만 해도 머리가 아프고 지금도 그래예. 약 치고 나믄 방문 못 닫십니다. 열이 나가꼬 문을 열어 놓고. 약대만 지마(잡으면) 그렇답니다. 약만 칠라 카마 거부반응이 일어난다 카이깐에 기계 소리하고 지껴는데(말하는데) 들리지를 안 하잖아예. 약이 많이 나오마 졸아 조야(조여 줘야) 되고 풀어 조야 되고 약을 머라 카는지 알아든지를 모하잖아. 잩에(옆에) 가마 기계 소리도 들어고 하마 혈압이 자꾸 올라가지예. 신경질 안내마 좀 낫는데 약 칠라고 기계 조내마(꺼내면) 가슴이 먼저 풀딱거린다. 약 치러 가면 겁이 나예. 무신 소리 할꼬 [싶어서]. 그래가 [농사] 고만 지라 안 케 샀는교. 논 그거 팔아 가이고(팔아 가지고) 이자만 뜯어도 둘이는 안 잡숫겠나. 대충대충 논 저거는 우리께 아이라 가지고 도지사가 하는데 논 농사를 짓지 말고 포도 저거만 짓자 카고. 그라이 양석(양식) 또 팔아 물라 카이 약을 쳐도 우리는 암만 캐도 내가 무이깐에 한 번 칠 것도 내가 우야든지 약을 덜치고 올개만 하고 안 한다 자꾸 그캅니다. 그카마 한 삼 년 더 됐지 싶습니다. 모상자도 우리가 했는 기제. 여사로 듣고 나락 베는 기계도 어불라가 사 났지예. [벼베기 할 때 손까(손으로) 빌라카이(베려고 하니) 힘들고…. 누던지(누구든지) 하나 없이만은(죽으면은) 그만두지 이캅니다. 그래야 그만둔다 캅니다. 평생 살아도 맨날 농사지야 된다. 농사 저거 가마이 놔두고 [그만둘 수는 없지 싶어예, 내가 생각해도. 기계도(경운기도) 털털거리고, 기계 소리도 우야이깐에 설라 카는 거 맨치로 그카고 우야이깐 택택거리미 세게 돌아가고 연기도 그렇게 나고. 그 전에도 연기는 그렇게 안 났는데 기계가 와 일로(왜 이렇노) 와 일로 지름에(기름에) 물로 탔지 싶으다. 그전에 약 치마 연기 안 나거든예. 우야 이깐에(어떤 때는) [기계개 설라 카는 긋고(서려는 것 같고) 우야이깐에 또 세게 돌아가고. 어뜬 때는 설까 바 겁이 나예. 기계도 오래됐고 기름도 안 좋고 오래됐십니다. 이십 한 오 년도 더 넘었지 싶다. 기계도 힘이 없어가 짐 굿은 건 잘 못 싣고 댕기에. 쪼매끔썩(조금씩) 나락도 실으마 쪼매끔쏙 멫 가마쏙 이래 싣고 댕기지. [경운기에] 비를 맞추나, 다리는(다른 사람은) 기계 [사용]하다가 논에 그냥 세아 놓지만은 생전에 우리는(영감님은) 논에 안 세아 놓십니다. 그라믄 논 다 썰 밤이라도 몰고 들와야 되지. 한 번 가마 다 해 뿌야(해치워야) 된다. 일 텁텁하이 나두고(놔두고 오거나) 연장 같은 거 다리는(다른 사람은) 머 오만 거(온갖 것) 다 밭에 나두고 [하지만], 우리 밭에 가면 천지 머 있는 기 없십니다. [영감님이] 전부 다 조가(줏어서) 집에 다 갖고 들오지 밭에 안 놔둡니다. 다리는 밭에 오만 거 다 나두고 이라지만은 우리는(영감님은) 안 그란다. 그래 어떤 때는 포도 따고 박스 같은 거 좀 놔두고 가자 카믄 [그래도] 거의 가지고 가두만은 이자 작년부턴 좀 나둔다. [예전에는] 내일 또 올 낀데 또 여 좀 나두고 가자 카믄 우에 실어도 경운기에 실고 집에 와야 됩니다. 다른 사람은 밭에 그냥 나두고 이라두만은. 우리는(우리 영감님은) 성질이 안 그래예. 다리는(다른 사람은) 밭에 가보만은 물통도, 약통 그것도 물 담는 통 그것도 밭에 그냥 나두고 이래도 우리는 생전에 안 나둔다. 우예도 싣고 들와야 된다. 통장이 와 가지고 경로당 장부 내놓고, 아제(아저씨) 글 써 놨는 것도 장부도 정리 잘해 놨네요. 잘 알아보도록 참 정리 잘해 놨다. 그래 내가 이래도(이렇게 절약해도) 경로당 할마시들 가스 값이고 지름(기름)값이고 너무 짜다 카고 캐쌌는다 카이깐에. 보일라 지름도 한 달에 한 번쓱 열 말씩 땝니다. 가스도 한 달에 한 통 가지고 안 돼예. 가스도 좀 애끼(아껴) 쓰라, 기름도 좀 애끼 쓰라 카이깐에 할마시들은 그게 또 불만이라예. 짜지게 긋는다고. 그래 쪼매끔쓱 넣어 놓고 그전에는 지름도(기름도) 그전에 회장은 마이큼씩 넣어 놓고 방 뜨시게 있으라 카고 캐쌌는데 [우리 영감님은] 기름도 반 통[만] 넣어 줍니다. 애끼(아껴) 때라 카고.

다른 농사는 뭘 지었지요?

우리 마늘 몇 년 숨갔다 논에. 그때(1970년대) 포도농사 몬하게 해 가지고. 그때는 포도밭에만 숨갔지 논에는 절대 몬 숨구게 했거든예. 숨갔다 다부(다시) 빼고(캐내고) 이랬다 카이깐에. 밭도 하나도 없고. 고때가 포도 한 다라이 싸가가믄 돈 되잖아예. 쪼매끔씩이고 가도 아침에 열차로 가 가지고 칠성시장 내리 가지고 상회 갖다 넣으마 돈 됐는데 오새야(요즘엔) 상회 다 묵는다. 우리 농사짓는 거 카마 상회가 돈 더 묵고 했는데 머. 그때 다라이에 [포도] 들고 가믄 돈도 됐고 약도 그렇게 안 치고예, 포도도 잘됐고. 그때는 마이 하는 사람들은 칠성시장에 안 갔다 전부 다 부산에 빼 니랐다 카이깐에 여 사람들도. 고모역에서 기차로 다 부산까지 부칫는지는(부쳤는지) 모르겠어요. 우엣는지. 우리가 안 붙이 봐 놓이깐에 모르겠고. 부산 가 가지고 미칠씩(며칠씩) 있다가 오고 여서러(여기에서) 부치 보내 주고 그라데. 그때는 삼십 년 전이라 놓이(전이라서) 모르겠다.

포도농사 해 갖고 자식들 공부시키고 시집장가 보내고 그랬지요?

여서 포도농사 아이믄 천지세월 나올 게 머가 있습니까? 청도 저리도 전부 다 복숭농사지 갖고, 청도는 그래가 생활해 나가고 청도 저리 안에 그리 가마 부자동넵니다. 곰실 카는데. 청도읍 인데(있는데) 덕암 그런데[넌 초등학교 저짝으로 보마 옛날에 복숭 참 마이 했으예. 지금도 청도 가마 산 이른 거 산 아니다. 전신 복숭아밭이다. 가을엔 감이고 글코 청도 감이 유명하다. 포도가 복숭아나 감보다도 수확이 나사요. 옛날에는 낮지예. [수확] 양이 많아 놓이깐에 그거한데(수익이 나은데) 지금 봐서는 거가(청도가) 낮지. 거는 우리 작은댁이 건 데도(거긴 데도) 일 년에 한 천만원씩 돈다 카데. 복숭하고 감하고 살구 자두 저런거 천만원 넘기 들온다 카든데. 우리들은 천만원 안 나옵니다.

십 년 넘어가마 고향 안 드간다 안 캅니까

할아버지는 노후에 고향에 들어가야겠다 생각하시는 것 같던데요?

그건 어렵지예. 하이고 머하러 가예. 한 번 나온 담에(다음에) 원래 옛날부터 십 년 넘어가마 고향 안 드간다 안 캅니까. 그 근처 나가고 있다가 죽으마 가는 기고. 고향에 선산이 있어도 전신 복숭아 숨쿠고(심고) 감 숨쿠고. 올해는 복숭나무 캐 내고 돈을 얼마 준다 캤는지 전부다 복숭나무 다 캐내 뿌고. 올개는 전부 감나무로 숨쿤다 카네. 청도 거게는(거기는) 감나무 모종이 그렇게 비싸다 카데. 올개는 감나무 모종도 비싸고 사과 모종도 또 그렇게 비싸다 카데예. 우리(영감님) 나중에 고향에 드간다 카는 소리는 그저 해본 소리지. 거도 [도로에서 한참] 드가 가지고, 교통이나 좋고 이카마…[모르겠지만] 거도 고디(다슬기) 창자 맨치로(처럼) 파고 드가야 되고 여카마(여기 비하면) 거가 구디(골짜기) 더 나쁜데 머. 거는 진짜 차 없으마 몬 들어가는 데라요. 버스도 하루 몇 대 댕기는가 몰라. 옛날에 우리 살았던 집은 바로 산 밑에, 젤 만디에(제일 높은 곳에) 있어예. 사촌들은 아직 거 몇 집이 살아예. 본래 우리 집안이 몇 집 안 된다 카이. 원래 몇 집 안 되예. 지금도 아이(아직까지) 고대로 그냥 있습니다.

할아버지는 어릴 때 양자로 가셨다던데요. 양자 쪽으로 가게 되면 본가 쪽으로는 멀어지게 되는 그런 건 없던가요?

양자도 아무도 안 계시고 하이간에 멀어지는 건 없지요. 이짝에서 엄마 아부지도 없고 매나(마찬가지로) 큰집 농사짓고 [그러다가] 큰집 조카한테 그래 밀아 주고 우리가 이래 나왔잖아예. 내(늘) 큰집 농사 내 같이 져 줬으예(지어 줬어요). 거서(고향에서) 실속이 없으이간에 [이리로 나온 거지요].

오늘 보니까 할아버지 얼굴이 전에 보다 좀 못하신거 같던데요?

올개는 얼굴이 마이, 경로당 나가마(나가면) 얼굴이 마이 상했다 캐 쌌십니다(이야기들 합니다). 우얀지(어쨋는지) 몸이 그래 안 좋대예. 몸이 안 조아 가지고 머 잡술는 것도 잡사 놓마 자꾸 속이 안 조타 카고. 인자 조석도(아침저녁 식사도) 그전에 반질(반틈) 안 잡사예. 사발에 살부시(살짝) 담아 노마 또 남구고(남기고), 그전에는 밥도 잘 잡수코 했는데 인자 잡수마 속이 자꾸 안 좋답니다. 그기 안 받아예 그러이 또 설사 나고. 그래가 건강진단 함 받아 보라고 캐도 건강 괜찮다 카는데 머. 그래가 한의원 가 가지고 진찰하이간에 약 묵고는 설사 난다 소린 안 해도 밥은 마니 몬 잡술는다 카이간에.

그럼 진짜 일도 좀 줄여야겠습니다. 건강이 그러시면….

아이고 인자 갈 때도 됐잖아예. 하이고 좀더 살았시마 칼 때 가야 되지. 나이는 아이(아직) 안 많아예. 팔십대 노인 한 분 우에 한 분 계시고. 그라고 다 비슷비슷해예. 글코(그리고) 남자들도 몇이 안되고. 이 동네 남자들은 몇이 안 됩니다. 한 열 몇이밖에 안 되예. 천지 여자들뿐이라 카이깐에. 아무데 가도 여자들뿐이라예. 그러이 모두 혼자 사는 사람들이 많으이깐에 그렇게 말이 많잖아예.

6. 그의 삶터, 고모동 이야기

1991년 수성구의회 개원기념사업의 일환으로 세워진
고모령 노래비. (사진촬영 이태우).

4-50년대 대중가요 '비 내리는 고모령'의 배경이 된 마을

어머님의 손을 놓고 떠나올 때엔
부엉새도 울었다오 나도 울었소
가랑잎이 휘날리는 산마루턱을
넘어 오던 그날 밤이 그리웁고나

맨드라미 피고 지고 몇 해 이런가
물방앗간 뒷전에서 맺은 사랑아
어이 해서 못 잊느냐 망향초 신세
비 내리던 고모령을 언제 넘느냐

'신라의 달밤' '굳세어라 금순아' 등의 곡을 불러 잘 알려진 가수 현인이 불렀던 이 노래는 구술자 홍성두가 반평생 넘게 살아오고 있는 고모동을 배경으로 만들어졌다. 구슬픈 가사의 '비 내리는 고모령'은 해방 직후 1946년, 당시 수많은 민중들의 눈물을 훔치게 했다. 또한 1969년에는 '비 내리는 고모령'이라는 제목으로 임권택 감독에 의해 영화로 만들어지기도 했다. 그 당시 영화계의 쟁쟁한 스타들인 김희갑·문희·박노식 등이 출연한 작품이었다. 현재 파크호텔 앞에 '비내리는 고모령' 가사를 새긴 노래비[16]가 세워져 있다.

고모령[17]은 돌아볼 고(顧), 어미 모(母)에 고개 령(嶺) 자를 합친 말이다. 지역민들은 현재 팔현고개라고도 부르고 있는데, 고모령에 얽힌 전설은 대표적으로 두 가지를 들 수 있다.

첫번째는, 옛날 옛적 고모령에 홀어머니와 어린 남매가 살고 있었는데 하루는 스님 한 분이 와서 "이 집이 지금 가난한 것은 전생에 덕을 쌓지 않아서다" 라고 말을 했다. 어머니와 어린 남매는 덕을 쌓기 위해 흙으로 산을 쌓게 되었는데 그 산봉우리가 현재의 모봉, 형봉, 제봉, 이 세 개의 산봉우리다. 그런데 덕을 쌓으며 우애도 쌓아야 할 남매가 서로 높이 쌓으려고 시샘하며 싸우는 모습에 실망한 어머니는 자식들을 잘못 키웠던 죄스러움에 집을 나와 버렸다. 집 나온 어머니가 하염없이 걷던 길이 지금의 고모령 길이고, 고개 정상에서 집을 뒤돌아본 것이 '어머니가 뒤돌아봤다' 고 해서 고모령(顧母嶺)이 되었다는 것이다.

두번째는, 일제강점기 때 징병 가는 젊은이들이 탄 열차가 고모령을 넘어갔는데 그 당시 증기기관차 성능으로는 높은 경사의 고모령을 한 번에 올라가지 못했다고 한다. 그래서 고모령에는 열차가 더디게 고개를 넘을 때 징병 가는 아들의 얼굴을 조금이라도 더 보려고 모여든 어머니들로 인산인해를 이루었다고 하고, 그러한 사연으로 고모령이 되었다고 전해진다.

이 두 이야기의 공통점은 시간은 다르지만 같은 장소에서 자식을 생각하는 어머니의 애틋한 마음이 담겨 있다' 는 것이다. 이처럼 고모령에는 남매간 돈독한 우애를 지키길 바라는 어머니의 마음과 조금이라도 자식의 얼굴을 더 보고파 하는 어머니의 마음이 녹아 있다.

간이역 '시비' 로만 명맥을 유지하고 있는 '고모역'

대구시 수성구 고모동 384-1번지에 위치한 고모역은 일제시기였던 1925년 11월 1일 간이역으로 개시한 이후 많은 변화도 있었지만 80년간 꾸준히 고모동 사람들과 애환을 함께해 왔다.

고모역에 가면
옛날 어머니의 눈물이 모여 산다
(…)
아 이즈러진 저 달이
어머니의 눈물처럼 그렁그렁
옛 달처럼 덩그라니 걸려 있구나
옛 달처럼 덩그라니 걸려 있는
슬픔처럼 비껴 서 있는
그 옛날 고모역에서
- 박해수 시, 〈고모역〉 중에서 -

2005년 2월 16일 고모역 앞에 세워진 '고모역' 시비에 쓰여 있는 시구절이다. 그 옛날 자식들에 대한 사랑이 눈물처럼 달려 있는 어머니의 모습을 보는 듯하다.

고모역은 점점 이용객이 줄어들면서 2004년 7월부터 여객업무는 취급하지 않고 화물업무만 취급하고 있다. 지금은 고모역을 이용하는 사람보다 고모령 전설이나 노래비, 시비를 묻거나 보기 위해 찾아오는 방문객이 훨씬 더 많은 곳이 되었다.

주민들의 구술증언을 통해 들어 본 고모동 이야기

그동안 고모동은 그린벨트 지역에 묶여 있어 대구시의 타 지역에 비해 상대적으로 소외되어 있었다. '도심 속 오지 마을'이라고 해도 과언이 아니다. 동대구역, 파크호텔, 시지가 지척에 있음에도 불구하고 이곳 사람들은 아직까지 농사를 짓고 있다. 최근 일부 지역이 그린벨트에서 해제되긴 했지만 주민들의 불만을 해소시켜 줄 만큼 만족스럽게 이루어지진 못했다. 교육, 문화, 교통 등에서 오랫동안 소외 받고 고통 받아 온 지역 토박이 주민들의 증언을 통해 고모동과 고모역, 그리고 고모동 사람들이 살아온 이야기를 들어 본다.

참고로 이 구술증언은 2003년 9월~10월 세 차례에 걸쳐 조사한 내용을 정리한 것이다. 구술자는 당시 고모동 노인회장으로 계시던 김명조(당시 73세) 할아버지였다. 김할아버지는 구술 당시에도 평소 지병으로 건강이 좋지 못했었는데, 안타깝게도 조사자와 인터뷰를 가진 몇 달 후 고인이 되시고 말았다. 불편하신 몸으로 흔쾌히 인터뷰에 응해 주신 고인에게 감사드리면서 지면을 통해서나마 고인의 명복을 빈다.

원래 있던 고모역사와 철로 자리는 지금 이 자리가 아니라

고모역 주위에 현재 공사가 진행되고 있던데….

여기 고모역 철로가 옛날에는 지금 이 도로(차도) 위로 지나갔다니까. 그런데 [원래는 현재의 차도] 돌려져 있었는데…. 저 저리 돌리 가지고…. 인자 쌍철, 두 가닥 쌍철 놓을 적에(경부선 복선화 공사할 때에) 일차로 돌렸는 기라. 옛날에는 요리 현 질(길) 요리로…. 여기 대구선 맨치로(처럼) 외가닥인데…. 외선인데 부산 서울간 쌍철로(복선화 공사) 놓으면서 일차적으로 돌리 가지고 그리 놓았어. [원래는] 단선이었는데 요새는 새로 고속전철 만들고, 경부 직선화 사업 캐 가지고. 새로 또 놔 가지고, 또 조금 질렀지(철길을 단축시켰지). 그런데 애당초 제[고모역] 관사가[18] [일제시대 때는] 요게 있었는데, 이기 직선화 사업하면서 관사가 요 있던 걸로 저리로 걸리 가지고(인력으로 조금씩 들어 옮겨 가지고) 저꺼지(저기까지) 갔어. 관사로. 걸리 가지고. 그(관사) 밑에 돌을 넣어 가지

고모동에서 파크호텔 쪽으로 넘어가는 고모령 고갯길. 왼쪽은 경부선 철도이고 오른쪽은 차도이다. (사진촬영 이태우)

고. 요새 같으면 뜯어 뿌고(버리고) 새로 하지. 저거로 하루에 몇 메다 한 이삼 메다씩 정도 이래 가지고 걸리 가지고 [현재 위치로 옮겼지]. 지금 현재 관사 저기(저것이) 왜놈 제국시대에 지었는 건데…. 저기 연도 수로 는 한 우리 나기 전에 [지어진 것인데] 한 구십 년 가까이 됐어. 저거(고모 역 관사가 지어진) 연도 수는….

다른 데는, 역사에 가 보면 관사가 거의 없거든요

없지. 없는데 저것도 일부는 불하시키 부는 거는 불하시켜 버리고 앞 에 꺼 저것도, 요게 뜯고 있는 거 저것도 일제시대 관산데, 그거는 거기서 저어(지어) 가지고 불하시킨 것이라. 개인이 소유하고 있다가 저기 요번에 길 나면서 [헐어 버렸어]. [여기 지금] 이십 미터 사차선으로 길 나거든 여기 [옛 관사가 도로에] 편입 다 돼 버려가 조기 허여이(흰색으로) 저 [천막] 덮어 놨자나. 그래서 한 집은 지금 비워 놨는데. 요쪽 집도 보상 다 받았다고 그래. 그래가 인자 요번에 새로 모도(모두) 여 공사하고 있잖아. 지금도 공사 많이 해. 전기공사 지금도 하고 있는데…. 그래 또 뭐…. 내력은 고래(그렇게) 돼가 있어.

관사에는 옛날에, 그러니까 전부 다 여기 고모역에 있는 사람들이 살았나요?

고모 있는 사람들이 아니지. 아, 역의 직원들, 직원들 거 인자 하다가, 옛날에 뭐 댕기기 곤란하고(힘들고) 뭐 개인 사상이 그래가 뭐 여(여기) [이런 시골에] 올려고 하나. 몰라. 저쪽에 앞에 집 조(저기) 칠 해 놨는 거 표나잖아. 칠해 놨는 거. 요쪽 편에 저거는 개인 불하가 됐고. 저쪽 칠 안 했는 거, 저거는 개인 불하가 아직 안 됐고. 저쪽에 새 찡깄는 거(사이에 끼여 있는 것) 저것도 아직 안 됐꼬.

고모역이 그러면 동대구역보다 훨씬 전에 만들어진 거네요

아이고 동대구역 카만(비하면) 훨씬 전에 지어졌지. 옛날에 경부선 철도에는 대구역 있고, 그 다음에 고모역 있고, 경산역 있고 삼성, 남성현, 청도, 유천, 밀양 있고 그렇지. 여기 고모역 지어진 역사가 상당히 오래됐지. 내가 태어나기 전이지. 그렇지. 지금 이기 하마 한 구십년 됐다 카이. 옛날에 철도가 생긴 지 구십 년, 근 한 백 년 가까이 될 끼라. 왜놈 제국시대에 일본놈들이 만주, 요새 중국에 거 물건 모두 뺏어 가지고 일본나라에 싣고 갈라고 그래 여 철로 놨다. 결국은 세계 연합국 덕택에 독립

을 했는데. 고 상간에(그 사이에)…. 참 일제시대. 우리가 열네 살 먹어서 해방이 됐지. 천구백사십오년 그때 해방됐는데…. 요새 초등학교 그때 는 소학교, 국민학교 안 카고 소학교라 했는데.

소학교는 어디 다녔습니까?

고산. 지금 고산초등학교. 다 헐리 뿌리고 인자 요 터다 카는 그기지 뭐. 그때 해방됐는데 일본놈들 해방되기 전에 일본놈들한테 고초당한거 말도 못한다. 첫째, 식량. 농사지어 놓으면 가을 되면 면에 서기들 하고 나오는 기라. 나와서 돌아당기면서…. 현장답사를 해서 여기는 얼만큼, 먹을 만큼 내놔라 이랬다. 몇 분의 몇도 없고…. 내놓으라고 하면 무조건 내놓아야 하고. 대동아전쟁 말엽에는 아침으로 여 면에 서기하고 일본 놈 서기하고 이 집에 밥 끓여 먹었는가 조사하고 다녔지. 죽 끓여 먹고…. [고초를 견디다 못해 주로] 만주로 많이 살러 갔지. 일본도 가고. 일본은 그 당시 여권을 내야 갔고 만주는 여권 없이 가서 만주로 내려갔다. 보따 리, 괴나리 보따리 싸 가지고 많이 갔지. 나는 일본 갔지. 내 행님이 계셔

2005년 2월 16일 건립된
고모역 시비.(사진촬영 이태우)

고모역 철로. 2004년까지만 해도 하루 두어 차례 정도 여객열차가 정차했으나
이마저도 이용객이 없어 사라지고 현재는 화물열차만 간간이 정차하고 있다.
뒤쪽으로 금호강이 흐르고 있다.(사진촬영 이태우)

서 일본에 가서 오사카에, 대판에. 일곱 살에 일본 갔었고. 형님하고, 일
본에서 해방되고 한국에 나왔는데 나와 놓이 물 게(먹을 게) 있나. 돈 벌
일 수 있나 취직도 안 되고 농사도 안 되고 해서 [형님은] 일본에 다부(다
시) 드갔잖아. 우리 고생 대동아전쟁 말엽에 육이오 풍파당한 거 다 이야
기 못한다. 못 먹고 살았는 거. 그때 다 모두 불쌍해 놓이….

요즘 젊은 사람들 어른들 고생했는 것 잘 모르거든요.
모르지. [요즘 아이들에게 우리가] 배 곯은 이야기 하면, 그때 라면 사
자시지요 한다니까 허허허. 우리 어릴 적에는 부모 말 잘 안 듣고 하면은
[제일 무서운 말이] '이놈의 자슥 마 말 안들으면 밥 안 준다'고 했어. 밥
안 준다 하면은 마 기중 큰 거라. 요새 아이들 [거꾸로 머라카면(꾸지람

하면) 밥 안 먹는다고 해. 허허허. 요새 아이들은 세대가 그렇게 변했는
거라.

48년도에 빨갱이들이 와 가지고 불로 놨 뿐는 기라.

지금 고모역사도 관사처럼 일제시대에 지은 건물입니까?

아니라. 여기 역사(驛舍)가 있었던 자리는 현재 역사 자리가 아니고,
지금 [역사 앞] 차 대는 광장(주차장) 고기에 고모 역사가 있었다꼬. 원래
자리에서 뒤로 옮겨 지은 거라. 육이오사변 후에. 고개(거기에) 있을 적
에, 아… 육이오사변 일 년 전에 속칭 말하자면 빨갱이들이 그 역사를 불
로(불을) 놨 뿐는 기라. 그 당시 이북서 내려온 빨갱이들이 아니고 지방
빨갱이들이라고 있었어. 지방에서 활동하던. 육이오사변 나기 일 년 전
에, 사변 나고가 아니고 사변나기 전에…. 그래 사십구년인가… 사십팔
년도인가 보다. 그래 사십팔년도이다. 그래 빨갱이들이 와 가지고 불로
놨 뿐는 기라. 불로 놔 버려가…. 그래가 그때는 일본 사람들이 지어 놓
은 역이거든. 역사가 일본 사람이 지은 역산데…. 불로 놔가 다 태워 뿌
잖아(태워 버렸잖아). 육이오사변 끝나고, 그때 간이역 지어 놓았다가
육이오사변 끝나고 몇 년 있다가 고래 지금 현재 역을 지었단 말이지.

지금 역사 건물이 그럼 그때 그대로 모습입니까?

어. 육이오사변 끝나고 한 십 년쯤 있었지. 있다가 상당히 오래 있다가
그걸 지었다니께. 그때 지을 때 잘 짓는다꼬 지었는데, [6·25 끝나고] 한
십 년 됐는가 모르겠다. 확실한 건 모르겠는데, 한 십 년 있다가 지금 현
재 본 역[무]원들[근무하괴 있는 데 짓고. 요쪽 옆에 거는 또 지은 지가 얼

고모동 토박이로 태어나
평생을 고모동에서 살아온
고모동의 산증인
고 김명조 할아버지.
(사진촬영 이태우)

마 안 되었고 그것은 [지은 지] 한 칠팔 년, 십 년밖에 안 되었고 화장실하고 거는…. 본 역무원들 있는 데는 그때 [6·25전쟁 후] 지은 그대로 있고한 삼십 년 넘게 안 되었겠나…. 그래가 역에 불 났 부고, 밤에 [옛날에는그런 얘기 못했는데] 인자 그런 얘기도 해, 허허허. 그날 밤에 내 친구가그날 저녁에 결혼식을 해가 신행 해가 왔다 카이끼네. 옛날에는 인자 장개갔다가 [신부를] 일 년 처갓집에 놔두었다가 그래가 인자 가실에 또 신부를 데리고 왔다 카이. 요새는 그런 게 없다만은. 옛날에는 그랬다 카이. 옛날에 그 사람들 [지금은 모두 고인 됐 부고 없는데, 그날 지녁에(저녁에), 인자 즉 말하자면 친구가 잔치 술 먹으러 오너라 카매. 그때는 연령이 얼마 안 되니. 그때 우리가, 내가 열여덟 살 먹었을 때인가, 열일곱살 먹었을 때인가… [낮에는] 어른들이] 잔치 있는데 가이(가니까) [젊은이들은] 잔치를 못 가는 거라. 저녁에 어른들이 모두 가고 난 뒤에 얻어먹으러 [신랑집에] 간 거라. 가가(가서) 거기서 얻어 먹고 친구들하고 노다가(놀다가)… 그때야 뭐 저 위에 있었는데, 모두 초당방 카자나, 초당방에서 모지가(모여서) 노다가 한 열두시쯤 돼 가지고 집에 간다고 뜩 나오니 동쪽이 환한 기라. 그리 여기 와 보니 불이 붙은기라. 타는데, 막 누가 어디서 불이야꼬 가함을(고함을) 지르니 총소리가 빵 한 방 나는 기라. 그래가 겁이 나 가지고 인자 그때는 빨갱이가 다니면서 불 지른다는 거는 많이 소문을 들어서 알거든. 그래 가지고 여꺼정 내려왔는데, 여 앞에 집에 떡 오이, 우리 대문 앞에 여게, 밤에 그때야 몽둥이든동, 총이든동 달은… 달이 환했는가 그랬지. 불빛인가 달빛인가 그건 모르겠어. 보이 뭐 여기 [대문 앞에] 서가 있는 기라. 이거 뭐 겁이 나서 올 수가 있어. 그래서 고 앞에 남의 집에 자는데 뛰어 들어갔는 기라 [위험을] 면할라꼬. 그때 붙잡히면 죽는 거그던. 거기 서 있던 사람들은 빨갱이들인기라. 그래가 거기 그 집에 자는 데 들어갔는데, 모두가 엉겁결 들어가 놓으니까네. 서이가(셋이서) 내하고 우리 친구들 서이가 들어갔는데, 죽은 듯이, 모이가(모여서) 모두 떨고 앉았는 기라. 그래 한 두어 시간 떨고 나니, 냉제이(나중에) 어디서 고함 지르는 소리가 나는 기라. 자 지금 저 무슨 소

지어진 지 80년이 넘은
고모역 관사.
(사진촬영 이태우)

리고, 이래 나가 보이 총소리가 빵빵 나 샀고, 그래 나가 보이 인자 여기 불 났다는 소리를 알고 경산경찰서, 그때는 경산군 관리(관할)거던, 경산 경찰서에서 무장 경찰들이 나왔는 기라. 또 대구 철도경찰이라고 있었어. 거기서도 또 나오고 그때야 뭐 자동차가 있어서 오나. 삼통 걸어 다녔거든. 그래 경찰들이 한창 불 나고 난 뒤에 도착한거라. 그래가 집에 와 가지고…. 집에 와 놔 노이 어머니는 죽었는가 싶어가. 집에 식구들은 말이지 [걱정을 많이 하고 있었에]. 그래 한참 있으니까네… 그때 새복(새벽)… 추울 땐데, 한 니시쯤 되이, 한 다섯이나 그 어데쯤 됐겠지. 막 불끄러 나오라고 고함을 지르는 기라. 그래 나가 보이 경찰들이 불 안 끈다고카이…. 다 타고 다 내려앉아 버렸지.

다행히 옆에 관사 같은 거는 그대로 있던데요?

아… 요쯤 들어오다가? 그건 안 타고, 그건 불이 안 났거든. 마 콘테이너 집 안 세워 놨나. 그 집 사이 있는 거, 고거는 일제시대 때 지은 [고모역 관사] 그거는 그대로 있었지. 그것은 인자 불 안 났지. 아 그래 가지고 그 이튿날 인자 경찰관들 모두 경산경찰서에서 나오고, 여 인자 대구 철도경찰서에서도 나오고 뭐. 순사들이 버글버글 끓는 거야. 버글버글 거리는데, 그날 인자 무슨 날인고 하니. 요요 그 집도 아직 있는데, 알매친다고 요즘 사람들 아는가 모르겠다. 집 지어 놔 놓고 요새매로(요즘처럼) 석가래 펴 놔 놓고… 상량 얹어 놔 놓고 석가래 그 위에 흙을 덮는 거라. 흙을… 옛날에 알매친다 카는 거는 흙을, 인자 나무 가지고 이래 엮어 가지고 그 위에 흙을 덮고 그랬거든. 그거 할 적에는 일이 많잖아. 일이 많으니까 동민들이 어느 집에 언제 알매친다 이카마, 이건 사투리겠지, 우리 뭐 표준말은 무엇인지 모르겠다만은, 흙으로 그걸 할 적에 그날은 동민들이 모두 가 가지고 도와주는데 요요(여기) 그 집이 아직도 있어. 그런데 인자 그걸 하는데, 낮에 점심을 먹고 나니 경찰들이 왔는 거야. 와가 어떤 방식으로 하는가 하면, 여기 있는 사람 한사람이 쭉 다 의심나는 사람, 한 사람이라도 무조건 다 써 넣으라는 거야. 무조건적으로 말하자면 누가 의심이 난다. 나는 누구 같다. 나는 누가 [불을] 질렀는 것 같다. 이런 식으로. 그때는 이렇게 했다니 카이. 그래 덮어 놓고 모다 놓고 써 넣으라는 거라. 그때 안 써넣으면 안 되고, 그때 또 여 철도경찰이 전부 다 호남 경찰들로 되어 있었는 기라. '이 개새끼들' '이 개새끼들' 하면서 말이지. 우리는 옛날에 경상도 사람들은 그 말을 몰랐다꼬. [호남 경찰들이] 여기 와 가지고 주로 많이 썼는 말이 '이 개새끼들, 빨갱이 새끼들'이라 하면서 그랬는데, 그기 인자 여기 사람들도 수십 년 흘러가고 하니까 '개…' 뻐뜩하면(조금만 뭐 하면) '개새끼들'. 옛날에는 여기 그런 욕이 없었다꼬. 그래 인자 그랬는데, 그 사람들이 인정사정없이 다

고모역사 전경.
1948년 '지방빨갱이'에 의해 불타 버렸다가 한국전쟁이 끝난 후 1960년대 초에 재건축되었다.
(사진촬영 이태우)

루었는 기라. 그래서 우리는 무조건 한 사람이라도 써 넣어라고 하니까 쭉 써 넣었는 건데, 아무도 안 그랬는데, 한 사람이 딱 같이 놀았는 사람이 지적이 되었 뿐는 기라. 누가 써 넣은 기라. 그 사람 이름을. 그래가 그것도 그 사람이 의심을 받을 만치는 되어 있었어. 근데 왜 그 사람 이름을 써 넣었는가 하면은 그때는 동네 하룻밤에, 부락에 다섯 치썩(다섯 명썩) 경비를 하게 되어 있는 기라. 동[네] 자체 경비를 다섯 치썩 이래 해 가지고 둘이는 고모역에 가가 경비하고, 서이는 고모 여기 동사에서 경비하면서 동네 돌아다니고… 두 사람이 같이 역에 가 가지고 경비할 사람이 한 사람만 보내고 한 사람은 원래 같이 놀았는 기라. 좀 놀다 같게 하면서 이랬 뿐는 기라. 놀다가 나가이끼네. 불이 나 버렸는데, 그 사람이 자기 거 한다고(추궁당한다고) 동사 가가 신고를 했는 기라. 동사 가가 신고를 해 놔 놓이 불이야 하니까 총소리가 났 뿌랬거든. 무조건 써 넣으라고 할 적에 그 친구 이름을 써 넣어 뿌릿는 기라. 그래서 경찰들이 너 그날 저녁에 어디가서 놀았노? 누구누구하고 놀았다. 누구 누구 누구… 놀았는 사람, 아홉이었나. 다 붙잡혀 갔는 기라. 나도 그날 같이 있어서 붙잡혀갔지. 허허허. [붙잡혀] 가가(가서는) 마[고초당한 거는 말할 수 없지 뭐. 심지어 뭐 그 친구는 전화국에 과장까지 해가 있다가 정년 해서 지금은 죽었지만도, 고인이 되었지만도, 전기고문까지 다 당하고 말이지. 오줌을 막 싸고 말이지. 그때가 대구 경찰, 철도경찰 본부가 요즘 사람들은 모를 거야. 옛날 대구 역사가 왜놈들 목조 건물인데, 그 건물 이층에 인자 [철도]경찰 본부가 있었는데, 그리로 끌려가 가지고 온갖 고초를 다 당하고. 그때 그 뭐 사람 사는 게 뭐…. 요새 생각하면은 그것은 꿈엔가 있을 수 있는 일이 아니거든. 온갖 고초를 다 당하고 마. 이래 달아 매 놓고 말이지. 팔을 이래 달아 매 놓고 이래 가지고 막 전기 고문 갖다 넣고 말이지. 그 야전 그 와 옛날 전기···. 지금은 모르는데, 돌리마 밧데리가 뻔쩍뻔쩍 난다 칸다 말이지. 이걸 갖다 연결시켜 놓고 말이지. 막 돌리는 기라. 그런 식으로 고문을 당했으니까네 말할 수가 없지. 고문이라는 고문은 다 당했지. 그래가 냉중에(나중에) 결국 뒷조사해 보니까 여기 사람 아무런 혐의가 없었는 기라. 혐의가 없어가···. 그것도(그나마) 그새(사이에) 한 사람 [중개자가] 들어 가지고 해 가지고 집집마다 돈 좀 걷어 가지고 그 사람 들라 주고···. 이틀밤, 나이 좀 많은 사람들은 이틀밤, 참 사흘 밤 자고 나오고, 나이 좀 작은 사람들은 거기서 이틀 밤 자고 나오고 그런 고초를 당했어. 그래가 이 년 있다가 육이오가 났거든. 육이오가 나 가지고···. 나는 그날 가 가지고 그래도 내대로는 그중 고문을 덜 당했을 거라. 내하고 내 친구 한 명하고··· 나는 인자 나이도 그 사람들보다. 시 살(세 살), 니 살(네 살), 두 살씩 적었고. 말도 처음부터 끝까지 틀린 것이 없고 [하니] 귀통발이(빰) 몇 대 얻어 맞었어. 그래 맞고 내 친구 한 사람도 내캉 한 동갑인데, 그 사람도 크게 뭐 귀통발이 몇 대 맞았다고 하데. 얻어맞았지. 그 외는 마 전부 다 마 만신창이가 됐지. 그래가 그때는 젊은 때이니까 말이지. 좀 일찍 회복돼가 말이지. 그때야 먹는 게 옳게 있나 뭐 약이 뭐 어떻게 쓰는지도 몰랐고. 그런 생활을 해 왔어···. 죽을 고생을···.

짐 많이 달면 다부 빠꾸 해가 내려오고

고모령 비가 있다고 들었는데 파크호텔 안에 있습니까?

파크호텔이 아니고 그쪽 편에 가면 사이클 경기장 들어가는 입구에 고

(거기) 있거던. 원칙은 아닌데, 추진하는 사람들이 저거 생색 낼라꼬 그다가(거기에) 세워 놨는 기라. 생색 낼라꼬. 근데 고모령에 대해서 별다른 내력이 있는가 싶어가 여거(여기) 물으러 오마 내가 경로회 회장직을 맡고 있거던. 회장직을 맡아가 있으니 [외지인들이 와서] 자꾸 물으면 내한테 자꾸 보내는 기라. 그래 가지고 거 고모령에 대해서, 역사가…. 나는 칸다. 역사가 뚜렷해서 고모령이라고 하는 게 아니고, 이름 났는 게 아니고 노래 자체가 좋아 가지고 그 당시에 유행이 많이 되어 가지고 그래 가지고 고모령 하는 걸 알지. 고모령 자체가 유명한 게 아니다. 노래가 하도 유명하다 보니까. 그래 가지고 근데 옛날에는 '령(嶺)'이라고 하면 고개를 말하는 건데, 옛날 육이오 때 그때는 지금 철로 돌려가 놔 있는데, 굉장히 이렇게 됐다꼬. 동대구역 쪽으로 넘어가는 고개, 지금은 팔현고개라 하는데, 옛날에는 높았는데, 차가 석탄 넣어가 칙칙 증기로 가. 여기서(고모동) 석탄 많이 때가 증기가 많이 올리면 올라가지. [증기가 많이] 올라가야 [기차가 고개를] 올라가지. 안 그라마(그렇지 않으면) 짐 좀 많이 달았 부면 못 올라가고 다부(다시) 빼꾸 해가(후진해서) 내려오고 말이지. 그때 인자…. 일제시대도 일제시대지만도 해방되고도 그랬다니까요. 증기기관차를 많이 썼다니카네. 해방되고도 십 년, 십 년 이상 썼을 거다. 쓰다가 또 기름 쓰는 기관차가 생겨서…. 고모령하고, 육이오 사변 끝나고 노래가 한참 유행되고 할 적에 요기 와 가지고 뭐 뭐 그 저 영화 촬영하러 와가 촬영도 많이 해 가고 그랬어. 또 엠비씨(MBC) 기자 하나는, 지금은 굴을 뚫은 지가 삼 년이 좀 안 되거든 옛날에는 내려가고 했는데, 촬영하다가 뒤에서 차가 오는지도 모르고 앞에 차 오는 그것만 보고 말이지 촬영하다가 한 사람 죽었잖아. 그것뿐이 아니라. 사람들, 군인

들 서인가 너인가 차에 받혀가 죽고 많이 죽었어. 지금은 인자 밑에 블록 덮어 가지고 그런 위험들이 없지만도 옛날에 그 할 적에….

여기 분들은 주로 기차를 많이 이용했을 텐데, 하루 몇 번 서나요?
옛날에는 많이 섰지. 그때는 하루에 대여섯 번씩 차가 들어갈 때 대여섯 번, 내려갈 때 대여섯 번 요새는 아침 여섯시에 가는 것 하나 있고 오후 일곱시에 달성 가는 것 하나 있고 서는 기 올라오는 것도 아침 일곱시에 하나 있고, 저녁 여덟시 삼십분에 올라오는 것 있고 안 서는 기라. 이용하는 사람들이 없지 뭐. 그래 놓으니까 요서(여기서) 뭐 한 사람들, 멀리 갈 사람들은 버스 타고 시내 가 가지고 거기서 특급 타고 무궁화인가 새마을호 타고 다니지. 그것도 대구라면 안 가고. 옛날에 여기 고산…. 여기 경산군에 있을 적에, 원래는 [여기가] 경산군이었거던. 여기 고산 일대가 대구직할시로 편입되면서 여기 들어갔거든. 옛날에 경산군에 있을 때 고산 통근기차가 왔을 때는 수백 명씩 아침 학교 갈 아들(아이들) 그때는 많았다. 지금은 생활이 좋고 생활이 다 개선이 돼 가지고 걸어 댕기는 사람이 없고 그렇지 옛날에는 참….

포도농사 수입이 한 해 농사지아 놓으마 삼 년 농사는 지었어

옛날에 기차 이용는 분들은 주로 뭐 농산물을 운반하고 그랬습니까?
그랬지. 그때는 인자 대구의 번개시장에 팔러 아침 차로 마 짐 가지고 다라이에 모두 해 가이고 해 가지고 댕기고 했잖아. 번개시장이나 칠성시장에 가는 주민들이 많이 있었지. 그 당시에는 주로 채소를 많이 팔러 다녔어. 상추라던가 시금치라던가 호박…. 차가 그래 놔 놓으니까 그거 하지만도. 요새도 아침 여섯 시에 버스가 들어오거던. 구백십번. 여섯 시 버스를 보면은 부지런한 사람은 [시장에 채소] 팔러 나가. 기차 대신에 버스 타고.

그분들은 주로 어느 시장에 가십니까?

칠성시장에 가지요. 번개시장에는 내려 가지고 걸어가야 되고. 번개시장이 이자는 옛날 것지 않애. 옛날에는 번개시장이 어디서 왔는가 하면은 남성현부터 시작해 가지고 청도까지도, 요새 같으면 감 이거 홍시 말이지 가지고 청도서 이꺼지 오고 말이지. 안그러면 하양서도 대구선 기차 타고 들어오고. 신동, 왜관 저서도 번개시장까지 [기차] 타고 오고 이랬다고 그랬는데…. 이제는 인자 세월도 교통이 마카(모두) 좋고 그래 놔 놓이. 번개시장도 인자 옛날 번개시장이지. 요새는 상인들 저거 다 차지했 부고.

그럼 여기 철도 생기면서 이 동네 주민들한테 옛날 일제시대부터 영향이 있었다면 어떤 것이 있었을까요?

영향해 봐야 뭐, 그 당시에는 교통 편리한 것, 조금 편리한 거지 뭐 딴 거 없어. 농산물 시장에 팔수 있는 거나 아이들 공부하러 다닐 때라든가. 조카들하고 아들도(아이들도) 아침에 여기서 통근차 타고 학교 다녔어.

여기 어르신 일가친척들은?

많이 있지. 옛날에 우리 [마을은] 집성촌인데… 지금은 많이 줄어 버렸어. 우리는 김해 김간데, 옛날에 한 이십 호 살았다고. 지금은 일곱 집 남았지. 많이 줄었다고 다 객지로 나가고. 대구 시내로 가고. 그렇고 여 또 인자 교통 불편하다고 교통이. 요새는 나가면 타향되지. 시간 기다리면 요새는 교통 불편해가 안 되잖아. 그래 놔 놓이 마 학교 댕기는 것도 교통 불편하고, 형편이 피는 사람들은 [가진 재산 다 팔았 부고(팔아 버리고) 시내로 들어갔 부고 지금은 뿔뿔이 다 흩어졌어. 그 대신에 인자 또 일 년에 명절 때는 인자 집안의 어른이라고 모도(모두) 찾아보러 오지. 모두 산소도 여기 있고 모두 들어오고 말이지 인사하고 가고. 옛날에 여기 힘들었다. 여기 들이 많이 철로 놓는다고 들이 많이 좁아 졌는데, 저쪽 넘에 철도 건너편 강도 옛날에는 강 복판이(한가운데가) 논이라. 강에 제방해 놨잖아. 강복판이 고모들쯤 될 기라. 우리들은 인자 저 강가에 포도밭이 있는데, 거기 갈라고 하면은 오도바이 타고 오도바이 타고 댕겼지. 거기 포도밭이 한 천 평 되는데 이제는 농사 못 지어. 요새는 뭐 할 사람도 없고 그냥 들 복판에 놀카(놀려) 놓을 수도 없고 그래 가지고 하기는 하는데…. 애들은 뭐 올해도 예전에는 포도 시세가 좋고 할 적에는 저거 날짜를 받아 가지고(쉬는 날) 따 주고, 따 가지고 가고 그랬는데, 요새는 아들, 며느리, 손자 둘이 이렇게 다섯 치(다섯 명이) 따 가지고 그리 덥은데 하루 종일 따 가지고 상회에 보내 놔 놓으니 돈이 삼십만원이 안 돼. 허허허. 일당이 안 나오는 기라.

금호강변에 포도밭을 언제부터 하셨습니까?

[포도농사] 한 지가(지은 지가) 사십년 돼 가. 오래됐다. 요 근처에 포도가 잘되었지. 옛날에는 거기가 논이었거든. 저쪽에 한참 식량 귀할 적에 거기 논이었는데 포도밭은 여기 인자 마실 높은 산에 말이지. 모 못 숨굴 때(심을 때) 다른 농사 못 숨굴 때 여기 포도하고 숨가(심어) 가지고 그래 했는데, 나는 인자 논인데, 저쪽 아래 들에는 제일모직에서 사과농사 지었던 사과밭이고, 논에 들에 포도나무는 내가 먼저 숨갔어. 포도나무를

내가 그중 먼저 숨가 놔 놓으니. 그때는 식량, 묵는 기(먹는 게) 제일 먼저 였는데 요새는 세월하는 게 첫째 공부, 둘째는 어떻게 됐는지 보냈고, 묵는 거는 시번(세번)째나, 니번(네번)째로 밀려 나왔는 기라. 그때는 첫째 가 식량. 그 시대에 내가 포도나무를 숨구니 뭐 [다른 사람들도] 다 있다 가 포도나무 심는다고 [따라했지]. 그래가 몇 년 되니까네, 한 삼 년 되니 까네 내 친구가 작게 내 따라 숨구고, 또 몇이(몇 사람이) 있다가 숨구데. 그때는 정부에서 포도나무 폐지하라고 이랬다니까요. 그래도 억지로 하 고 놔두었지. 그래가 높은데, 모 못 숨구는 데(모를 심기 힘든 곳에) 포도 농사지어 가지고 모두 보니 뭐 논농사 카면 [수입이 낫거든]. 그리 논농사 [지어서] 애들 공부는 시켜야 되겠고, 학교[는] 모두 댕기고…. 안 되겠다 싶어 가지고 그래 가지고 같이 [포도농사짓게 되었지]. 그때 포도농사 수 입이 평균으로 치마 한 해 농사지아 놓으마. 삼 년 농사는 지었어. 논농 사 삼 년 짓는 수입이 올라왔다 카이. 그래 해 가지고 해 놔 놓으니 차차 뭐 [포도] 숨가 가지고 지금은 논농사 인자 [대신에] 전신에 포도나무 숨 가 가지고 그래 놔 놓으이 [지금은] 포도금이(포도값이) 마 똥값이 되고 마 팔아먹지도 못하고 뭐.

인자 마 밭도 늙었 부고, 사람도 늙었 부고

고산 일대에 내보다 먼저 [포도] 숨은(심은) 사람도 있어. 몇 년 거저 몇 년 사오 년이지. 여기가 일조량이 좀 많아서 당도가 좀 높아 가지고, 다 같이 안심역이라던가 경산 저쪽으로 가보이 여기 고모가 며칠 빨리 나오 데 옛날에는. 지금은 뭐 나무를 치다 카가 뭐 밭에 뭐 해 가지고 새고로와 가(아주 시어서) 겉만 꺼메 가지고(검은색이고) 별것 없는데. 옛날에는

김명조의 포도밭 옆으로 흐르는 대구의 젖줄 금호강. 버스가 들어오기 전까지 주민들은 여울물을 건너 반야월시장에 장을 보러 다녔다.(사진촬영 이태우)

그거 안 하고 할 적에는 여기 포도가 빨리 나왔어. 한 일주일 빨리 나왔어. 일주일 빨리 나와도 가격차가 많이 나지. 요즘은 빨리 나올라면 비닐하우스 하고 박피 카는 거, 포도나무 밑에 껍데기 오리잖아. 포도나무 밑의 껍데기를 한 유월 초에 오렸 분다(잘라 낸다). 오렸 부면 저 나무가 생장에 지장이 되어 가지고 빨리 익어. 그 대신 포도가 단맛은 없고 산도가 높은 기라. 산도가 높아 가지고 한 번만 먹으면 다음부터는 잘 안 먹지. 맛을…. 농민들 스스로 죽는 거잖아. 자살행위로 하는 거지. 그걸 한 번 사 먹어 본 사람들은 안 사 먹는 거라. 그거로.

그러면 포도농사짓는 기술이라던가 이런 게 힘든 게 없습니까?

와(왜) 없어. 기술이 있지. 쌀농사보다 [짓기가] 더 어렵지. 그것도 기술을… 내가 사십 년을 포도농사를 지었지만은 맨날 잘못했는 것 싶고 뭐… 하이고 인자 마 밭도 늙었 부고, 사람도 늙었 부고 늙어 나 노이 뭐 의욕이 없잖아. 의욕이 없고 마 되는 대로 돼라. 옛날 맨키로(처럼) 못 먹고 살아가 할 수 없어 그 하지만도. 인자는 뭐 저거 벌어가 저거 사는데, 몇이 있는 사람들은 근로능력이 있어가 일하고 인자….

저기 금호강 앞에 있는 포도밭은 전부 금호강 물을 끌어당겨서 쓰고 했습니까?

사용도 했지. 지금은 가무마(가뭄이 들면) 요기 앞에 가면 있는데, 옛날에 인자 논농사 많이 할 적에 양수기를 여기 놔 놓은 게 있다고. 저 산에 가리 가지고 안 보이는데, 가무마(가뭄이 들면) 양수기를 파면 물이 내려오고 물이 내려오면 그 물을 이용도 하고…. 거기도 매한가지로 금호강이지. 저리 가가 이리 부대 앞으로 해가 물이 수로가 있다 카이. [연 못은 인자 여기 '연호지'라고 큰 못이 하나 있잖아. 그 인자 그 물이 옛날에 내려오고 옛날에는 가물면 금호강 물을 퍼올려가 호스를 연결해가 포도밭에 대고 [그랬지]. 옛날에는 [여기가] 교통이 불편하고, 그때는 대구 시내에 대구 큰장 여기 대신동 서문시장을 큰장이라 했는데. 옛날에는 [여기서 거기까지] 걸어 다녔다 카이. 여기서 서문시장까지. [거리가 멀어서] 주로 반야월장 여기를 많이 이용했지. 여 사람들은 [반야월에 가 찹게(가까이) 있으니까. 옛날에 참 한 가지 특이한 거는 여기 금호강에 옛날에 우리 고디라고 했는데, 요즘은 표준말로 다슬기라 카던가? 그걸 인자 잡아 가지고 봄 되면, 늦은 봄 시작하면 잡아 가지고 그걸 보릿고개 때 잡아서 시장에 팔기도 했어. 그 시대는 대구 시내 사람은 고디 알 까먹을 줄 모르마(모르면) 대구 사람 아니라고 했거든. 우예 그랬나 하면은 고디 인자 삶아가 팔면…. 쪽 빨면 [속이] 쏙 [빨려] 나오거던. 그거 인자 대구 시내 가마 그게 유행이라. 그렇게 빨아 먹는 게 유행이라. 옛날에는 여기 물이 좋고 할 적에는 그기 많이 있었다고. 지금은 물이 많이 상통 (온통) 오염이 돼 가지고 그기 없어진 지가 한 삼십 년 됐나… 옛날에는 여기 금호강에 뭐 온갖 고기 다 있었어. 전문적으로 팔고 그런 거는 없고, 그저 잡아가 먹고 그때는 팔로 가 봐야 소용이 없어. 그것도 사 먹는 사람 도 없었고. 매운탕 카는 거 해 먹는 사람도 없었고.

금호강에는 모래사장 같은 거 있었습니까?

있었지. 모래사장에서 놀이도 하고 다 했지 뭐. 놀이는 뭐 그저 물에 들어갔다가 나오고. 옛날에는 뭐…. 요새는 세월이 참 그래 나 노이 카 지. 옛날에는 물 좋고 할 때는…. 봄에 회초놀이(화전놀이), 봄놀이 할 적 에 강가에 모두 나와가 솥 걸어 놓고 국 끓이고 그랬는데, 그래 가지고 강 가에 모두 나와 가지고 인자 전도 붙여 먹고, 돼지를 잡는다던가, 개를 잡 는다던가. 좀 거 하면 인자 물고기 잡아가 썰어 가지고 매운탕도 끼레 먹 고 그런 거 했지. [지금은 강이 오염됐 붓고 나니 [하는 사람이 없는데]…. 주로 오월달에 [많이 했지]. 유월달에는 모 숨가야 한다고 사오월에 많이 했지. 겨울에는 '쓰게또(썰매)' 타는 사람도 있었고. 우리도 여기 어릴 적에는 '쓰게또' 타다가 얼음이 꺼져가 빠지기도 하고 옷도 베리고(물 에 젖고) 그랬지. [웃음]

주

1. 참봉(參奉)은 조선시대에 능(陵)이나 원(園) 또는 종친부·돈령부 등에 딸렸던 종구품의 벼슬을 지칭한다.
2. 홍성두의 양부 홍갑식은 작은조모 밑에서 외동으로 태어났으며 아들이 없었다. 큰조모의 장남으로 태어난 홍성두의 생부 홍우식은 슬하에 3남3녀를 두었기에 동생(홍성두의 仲父) 집의 대를 잇기 위해 3남인 홍성두를 양자로 보내게 되었다.
3. (경산시) 남천면은 구술자 홍성두의 고향인 청도읍 덕암리와 대구시의 중간지점에 있는 곳이다.
4. 구술자와 면담한 2005년 기준임.
5. 화학 섬유로 만든 이불.
6. 당시 제주도 훈련소까지 훈련병들을 실어 나르던 수송함.
7. 2005년 인터뷰 당시 나이임.
8. 결혼식과 함께 바로 친정을 떠나 살지만.
9. 보리에 수염같이 길다랗게 싹이 난 상태.
10. 물 빠짐, 배수가 잘 안 되는 농지.
11. 3개 사단을 거느린 군단 사령부가 주둔하고 있었던 곳.
12. 막노동 일판에서 몇 명이 한 조 또는 한 팀을 이루어 일할 때, 거기서 작업 과정을 통솔하고 총괄 수행하는 책임을 맡은 팀의 우두머리를 말함.
13. 구술자 홍성두의 자녀 출생 및 결혼식 년월일.

구분	출생년도	음력생일	결혼년월일	예식장	비고
장녀	1959년 을해생	5월 29일	1980년 1월13일	예림예식장	대구
장남	1962년 임인생	1월 10일	1988년12월 3일	궁전예식장	대구
차녀	1964년 갑진생	11월 26일	1987년 2월22일	영빈예식장	경산
삼녀	1968년 무신생	3월 1일	1993년 2월14일	궁전예식장	대구
사녀	1971년 신해생	1월 17일	1998년 5월 5일	귀빈예식장	대구
오녀	1976년 병진생	11월 14일	2004년11월21일	남서울웨딩홀	서울

14. 지금 고모동의 광명사라는 절이 들어서 있는 곳에 예전에는 주점이 있었다. 고모역 이용객이 많았던 당시에는 해방집, 윤상댁, 털보집, 곰보집 등의 주점들이 있었으나 고모역 이용객이 줄어들면서 점차로 주점들이 줄어들어 현재는 수퍼 겸 간이주점 두 군데만 남아 있다.

15. 할머니는 요즘 여기저기 아픈 데가 많아 사흘이 멀다 하고 병원을 다니고 있다. 구술자 홍성두 할아버지는 아직도 현역 농사꾼으로 힘든 농사일을 감당해 낼 자신이 있지만 할머니의 몸이 성치 않아 올해부터는 더 이상 논농사를 짓지 않겠다고 말했다.

16. 구술자 김명조의 증언에 따르면 원래는 이 노래비를 고모역사 부근에 설치하려고 했지만 지역 인사들의 생색 내기 때문에 현재의 파크호텔 앞쪽으로 오게 되었다고 한다.

17. 원래는 경부선 철도가 현재의 차도에 놓여 있었으나 쌍철(철도 복선화)을 놓으면서 현재의 위치에 놓이게 되었다고 한다. 지금은 고모령 고개가 별로 높아 보이지 않지만 일제시대와 한국전쟁 전후에 운행되었던 증기기관차가 이 고개를 한 번에 넘기에는 힘에 겨웠던 모양이다. 고개를 넘지 못할 때는 후진해서 가속도를 붙여 겨우 넘곤 했다고 한다(김명조 구술중에서).

18. 고모역 관사는 일제강점기인 1925년 11월 1일 '간이역'으로 출발할 무렵 지어져 고모역에 근무하는 역무원들의 숙소로 사용되었으며, 건축한 지 약 80년 정도 되었다. 원래 관사가 있었던 자리는 현재 경부선 철도가 놓여 있는 자리였으나 해방 전 현재의 위치로 옮겼다고 한다. 구술자 김명조의 증언에 의하면 관사를 옮기던 당시

"걸려서 옮겼다"고 증언했는데, 하루에 2-3미터씩 인력으로 들어올려 수십 일에 걸쳐 현재의 위치에까지 옮겼다고 한다. 연구자가 연구를 시작하던 2003년까지만 해도 관사 건물 네 동이 남아 있었다. 그러나 그중 고모역사 앞 도로 건너편에 있던 관사 두 동은 2004년부터 도로포장 공사가 시작되면서 도로확장부지에 포함되어 철거되어 버렸다. 현재 고모 역사 옆에 관사 두 동이 남아 있으나, 언제 철거될지 모를 운명 속에 불안하게 남아 있다. 경부선 철도를 끼고 많은 역사와 관사가 있었지만 일제강점기에 지어져 현재까지 남아 있는 관사는 소수에 불과하다. 한국철도 100년의 역사를 의미 있게 새긴다면, 더 늦기 전에 남아 있는 고모역 관사를 '근대문화유적'으로 보존해야 할 필요가 있지 않을까 생각한다.

가계도

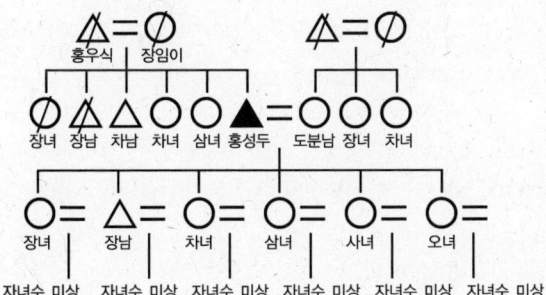

연보

1933년(1세)	단기 4266년(癸酉年, 소화8년) 음력 7월 24일(양력 10월 12일) 청도 군 청도읍 덕암2리 에서 부친 홍우식과 모친 장임이 여사의 3남3녀 중 3남(넷째)으로 출생.
1942년(10세)	청도읍에 있는 청도국민학교에 입학.
1945년(13세)	단기 4278년. 3학년 때까지 국민학교에 다니다 해방을 맞아 대구 만촌동(한골)에서 양계장 운영하고 있던 중부(仲父) 홍갑식의 양자로 입양.
1947년(15세)	조부 참봉 홍순태 작고.
1952년(20세)	군입대 영장이 나왔으나 3년간 입대 기피함.
1955년(23세)	봄에 부인 도분남(都分南, 1935년생, 성주 도씨, 청도 매전면 덕산리가 친정, 결혼 당시 21세)과 중매로 결혼, 결혼 한 달이 채 지나기 전 6월 2일 군입대. 제주도 훈련소에서 신병훈련 마친 후 경기도 포천의 2사단 1대대 본부중대 공급계 근무.
1957년(25세)	군대생활 만 31개월 만에 만기제대.
1959년(27세)	음력 5월 29일 장녀 출생.
1962년(30세)	음력 1월 10일 장남 출생.
1964년(32세)	음력 11월 26일 차녀 출생.
1968년(35세)	음력 3월 1일 삼녀 출생.
1971년(39세)	음력 1월 17일 사녀 출생.

1972년(40세)	고경생활 1년으로 소 한 마리 구입함.
1973년 1월(41세)	음력 1972년 12월 12일. 자녀 교육을 위해 청도에서 대구 고모동으로 이사. 청도역에서 쌀자루에 이백팔십만원을 짊어지고 고모역에 도착. 당시 금액으로 115만원(논 다섯 마지기, 천평)을 주고 현재의 자택(고모동 451번지)을 구입.
1974년(42세)	막노동(18년)과 농사일을 병행하면서 자녀교육을 시킴. 대구 5관구 공사현장, 대구-경산간 국도건설 공사, 신일전문대 신축공사, 제일모직 미화작업, 건물보수작업, 경산 제일합섬, 팔현농장 묘목 조림 등 온갖 막노동 일을 함.
1976년(44세)	음력 11월 14일 오녀 출생.
1980년(48세)	1월 13일 장녀 결혼.
1987년(55세)	2월 22일 차녀 결혼.
1988년(56세)	12월 3일 장남 결혼.
1992년(60세)	막노동 현장에서 은퇴함. 이후로는 농사에만 전념.
1993년(61세)	회갑 때 동갑계원들과 제주도 여행 다녀옴. 군대생활 당시 신병훈련 받았던 모슬산 훈련장 방문. 2월 14일 삼녀 결혼.
1998년(66세)	5월 5일 사녀 결혼.
2004년(72세)	11월 14일 오녀 결혼을 끝으로 1남5녀 모두 출가시킴.
2007년(75세)	현재까지 대구 고모동에서 경로당 총무 일을 보면서 포도과수농사와 벼농사를 짓고 있음. 논 두 마지기 팔았지만, 농사짓지 않고 논을 놀려 두고 있는 것이 아까워 논 주인에게 포도 1상자에 다시 그 논을 붙여서 농사짓고 있음.